《唐文粹》"古文"类选文研究

洪勇 / 著

东北师范大学出版社
长春

图书在版编目（CIP）数据

《唐文粹》"古文"类选文研究 / 洪勇著. — 长春：东北师范大学出版社，2020.10
ISBN 978-7-5681-7352-0

Ⅰ.①唐… Ⅱ.①洪… Ⅲ.①中国文学—古典文学研究—唐代 Ⅳ.①I206.42

中国版本图书馆CIP数据核字（2020）第205841号

□责任编辑：邓江英　　　　□封面设计：言之凿
□责任校对：刘彦妮　张小娅　□责任印制：许　冰

东北师范大学出版社出版发行
长春净月经济开发区金宝街118号（邮政编码：130117）
电话：0431-84568115
网址：http：//www.nenup.com
北京言之凿文化发展有限公司设计部制版
北京政采印刷服务有限公司印装
北京市中关村科技园区通州园金桥科技产业基地环科中路17号（邮编：101102）
2022年6月第1版　2022年6月第1次印刷
幅面尺寸：170mm×240mm　印张：9　字数：150千

定价：45.00元

前 言

关于总集编纂，《四库全书总目·总集类一》中说："文籍日兴，散无统纪，于是总集作焉。一则网罗放佚，使零章残什，并有所归；一则删汰繁芜，使莠稗咸除，菁华毕出。是固文章之衡鉴，著作之渊薮矣。"[①] 可见，总集的编纂具有文体辨析的意义，反映了编选者的编辑用心，体现了其文学思想和观念。因此，我们可以通过分析编选者对选文文体类别的区分与作品的取舍，来揭示编选者的文学思想和观念，探求文体发展、变化的原因和过程。

《唐文粹》[②] 是北宋初年姚铉编纂的一部唐代诗文总集，保存了许多唐代文学的优秀作品。姚铉编选《唐文粹》的目的之一，就是继承《文选》的传统，学习《文选》的编辑体例。它上承《文选》，下启唐代文学选集和断代文学总集的编纂，在总集编纂史上有重要的地位。自姚铉开风气之先，编纂了《唐文粹》之后，宋人就开始了对唐代文学的整理，不断有唐代文学选集问世。例如，王安石《唐百家诗选》二十卷、宋敏求《唐大诏令集》一百三十卷、洪迈《万首唐人绝句》一百零一卷、赵师秀《众妙集》一卷、周弼《唐三体诗》六卷、赵孟奎《分门纂类唐歌诗》一百卷、赵蕃《注解章泉涧泉二先生选唐诗》五卷等，可见宋人编纂唐代文学选集的成就十分突出。同时，《唐文粹》也开了编辑断代文学总集的先河，接下来就有了一系列断代文学总集，如宋代吕祖谦《宋文鉴》一百五十卷、元代苏天爵《元文类》七十卷、明代程敏政《明文衡》九十八卷、清代黄宗羲《明文授读》六十二卷、清代姚椿

[①] 见《四库全书总目》卷一百八十六，[清]永瑢等撰，中华书局，1965年6月第1版，页1685。

[②] 本书使用的《唐文粹》所依据的版本为《四部丛刊》初编影印元翻宋刻小字本（明嘉靖间刻本），即徐焴刻本，上海商务印书馆1930年印行。本书所引用的文章，如没有特别标明，即引自《唐文粹》。

《国朝文录》一百卷、清代李祖陶《国朝文录续编》八十二卷、清代庄仲方《南宋文苑》七十卷等。

前人对《唐文粹》的研究，主要体现在书目的著录、版本源流的梳理、文字的校勘及其内容的研究上。对《唐文粹》内容的研究主要集中在以下两个方面：

一是对其选录作品的评论。评者往往指出某些作品选录不当及选文本身有误，批评《唐文粹》对某些作品或某一作家的某类重要文体的遗漏。例如，明人王文禄在其《文脉》中批评《唐文粹》："《昭明文选》，唐初最尚也，曰《文选》烂，秀才半。至宋废之，文日卑矣。姚铉《唐文粹》欲效之，赋多遗柳，柳赋，唐之冠也。又遗韩《平淮西碑》、柳《乞巧文》、皇甫湜《谕业篇》，遗故多矣。"① 清代陆以湉《冷庐杂识》云："姚铉《唐文粹》中，欧阳詹《自明诚论》、吕温《诸葛武侯庙记》，立说颇谬，韩昌黎《革华传》意致不及《毛颖传》，似可不选。至段文昌《平淮西碑》，远逊韩作，何取彼而舍此？如爱其才藻，则奚不并存之耶？"② 但他仍然肯定了《唐文粹》的价值："然其大要以复古为主，搜择博而别裁正，一代文物之盛，赖是以存，宜其继《文选》而垂范来世也。"③ 清人王士禛亦在《香祖笔记》中称许《唐文粹》："《文选》而下，唯姚铉《唐文粹》卓然可观，非他选所及。其录诗皆乐府古调，不取近体，尤为有见。余尝取而删之，与《英灵》《间气》诸集删本都为十种，并行于世。"④ 这方面总结性的文献是《四库全书总目提要》（以下简称《提要》）。《提要》概括了《唐文粹》在作品选录上的特点："是编文赋，惟取古体，而四六之文不录。诗歌亦惟取古体，而五七言近体不录。"同时评价了此书在北宋初年诗文革新运动中所起的作用，赞扬了《唐文粹》在保存唐代诗文方面的重要价值："盖诗文俪偶，皆莫盛于唐，盛极而衰，流为俗体，亦莫杂于唐。铉欲力挽其末流，故其体例如是。于欧、梅未出以前，毅然矫五代之弊，与穆修、柳开相应者实自铉始……又如岑文本《请

---

① 见《宋文纪事》卷八，曾枣庄、李凯、彭君华等编，四川大学出版社，1995年12月第1版，页112。
② 见《冷庐杂识》卷一，[清]陆以湉撰，崔凡芝点校，中华书局，1984年7月第1版，页21。
③ 同上。
④ 见《香祖笔记》卷六，[清]王士禛著，上海古籍出版社，1982年版12月第1版，页106。

勤政改过疏》之类，皆《文苑英华》所不载。其收罗亦云广博。"同时批评了《唐文粹》的不足之处："惟文中芟韩愈《平淮西碑》，而仍录段文昌作，未免有心立异。诗中如陆龟蒙《江湖散人歌》、皎然《古意》之类，一概收之，亦未免过求朴野，稍失别裁。"《提要》对《唐文粹》的总体评价很高："然论唐文者，终以是书为总汇，不以一二小疵掩其全美也。"①

二是对其文体分类的评论。宋人石介在《上赵先生书》一文中说："介近得姚铉《唐文粹》及《昌黎集》，观其述作，有三代制度、两汉遗风，殊不类今之文。曰诗赋者，曰碑颂者，曰铭赞者，或序记，或书箴，必本于教化仁义，根于礼乐刑政，而后为之辞。"②清人李慈铭《越缦堂读书记》云："《文选》体目分析，昔人以为病，《文粹》踵之，于各体中多区门类，尤近繁猥。"③凌廷堪《书唐文粹后》云："《唐文粹》一百卷，宋姚宝之辑。曰古赋，曰诗，曰颂，曰赞，曰表奏书疏，曰文，曰论，曰议，曰古文，曰碑，曰铭，曰记，曰箴诫铭，曰书，曰序，曰传录纪事，凡十六门，所以继《文选》也。体例不甚精确。如明皇《纪泰山铭》则附于颂，柳子厚《涂山铭》、独孤至之《仙掌铭》等乃与墓志铭为一门，通谓之铭，权文公《几铭》、卢玉川《门铭》等又与箴诫别为一门，夫铭一而已，宜自为一类，墓志铭或又为一类，不当凌杂如此也。皮袭美《九讽》《反招魂》，楚骚类也，不当入诗。韩退之《进学解》，《答客难》类也，不当入古文。皆其短也。"④钱穆先生也在《读姚铉〈唐文粹〉》一文中分析了《唐文粹》所划分的各种文章类别，研究了各文体的排列顺序中所包含的内在联系，从而说明唐代古文运动对文学发展的推动作用。⑤另外，郭英德的《论历代〈文选〉类总集的分体归类》一

---

① 见《四库全书总目》卷一百八十六《总集类一·唐文粹》，[清]永瑢等撰，中华书局，1965年6月第1版，页1692。
② 见《徂徕石先生文集》卷十二，(宋)石介著，陈植锷点校，中华书局，1984年7月第1版，页135—139。
③ 见《越缦堂读书记·唐文粹》，[清]李慈铭撰，云龙辑，虞云国整理，辽宁教育出版社，2001年2月第1版，页815。
④ 见《校礼堂文集》卷三十二，[清]凌廷堪著，王文锦点校，中华书局，1998年版，页289。
⑤ 见《中国学术思想史论丛》(四)，钱穆著，台湾东大图书股份有限公司，1978年版，页82—90。

文，将《唐文粹》放在《文选》类总集分体归类的发展变化中，作为其中的一环，考察文体的生成及发展变化。①

20世纪80年代以来，国内见诸报端、专门研究《唐文粹》的文章有如下几篇：

（1）张涤华的《关于〈唐文粹〉》，见《安庆师院学报》1982年第1期；

（2）谢桂荣的《〈文苑英华〉〈唐文粹〉相互关系考》，见《河南古籍整理》1986年第1期；

（3）何法周的《〈文苑英华〉〈唐文粹〉的编选情况、相互关系及其他》，见《河南大学学报》（哲社版）1986年第5期；

（4）张宏生的《〈唐文粹〉的价值和贡献》，见《古典文学知识》1992年第6期；

（5）郭勉愈的《〈唐文粹〉"铨择"〈文苑英华〉说辨析》，见《北京师范大学学报》（人文社会科学版）2002年第6期；

（6）郭勉愈的《从宋绍兴本看〈唐文粹〉的文本系统》，见《清华大学学报》（哲社版）2003年第1期。

上述研究主要集中在对《唐文粹》的一般介绍上，涉及版本考订、文字校勘、文献价值等方面。今人撰写的文学史著作，多数不提姚铉及《唐文粹》。文学批评史虽然涉及姚铉和《唐文粹》，但大都比较简单，没有进行深入细致的分析。复旦大学中文系古典文学教研组编《中国文学批评史》说姚铉"力图通过唐代诗文的编选工作来端正当日文风的偏弊"，称《唐文粹》是一部"宗旨鲜明，取录较为严格的选本"。②《宋金元文学批评史》将姚铉和穆修并提，认为他们对宋代诗文革新所起的作用是相同的。③另外，陶敏、李一飞的《隋唐五代文学史料学》一书也谈及《唐文粹》："北宋初年，承五代旧习，标榜'白体'的唱和诗，追求'雕章丽句'的'西昆体'成为诗坛的

---

① 参见郭英德《论历代〈文选〉类总集的分体归类》，见《中国文化研究》，2004年第3期，页1-17。

② 见复旦大学中文系古典文学教研组编《中国文学批评史》，上海古籍出版社，1981年版，页25。

③ 见顾易生、蒋凡、刘明今主编《宋金元文学批评史》，上海古籍出版社，1996年12月第1版，页57。

主流。为矫时弊，此书以收录古代（唐代）诗文为主，和柳开、穆修等改革文风、重建道统的理论主张相呼应。因它的篇幅仅及《文苑英华》的十分之一，甄选精严，所以盛行于宋代。由于《唐文粹》成书年代较早，在辑轶、校勘方面也有重要价值。"①

从目前掌握的资料来看，有关《唐文粹》选文方面的研究，北京师范大学郭勉愈博士在其博士论文《〈唐文粹〉研究》中有专章进行《唐文粹》文体分析，但其对《唐文粹》"古文"类作品所作的分析过于简单，没有揭示姚铉编选"古文"类作品的价值。钱穆先生在《读姚铉〈唐文粹〉》一文中对《唐文粹》"古文"类作品分类方面的分析有值得借鉴之处，可惜没有深入分析姚铉编选《唐文粹》的目的和意义，对姚铉编选"古文"类作品基本持否定态度。除上述两篇文章外，国内还未发现专文或专著涉及《唐文粹》"古文"类选文研究。

之所以作选文研究，是因为选本编选者对于作家作品的意见，一方面通过选本中的序、传表达出来，另一方面通过选目和编次反映出来。在古代文学作品及其观念的传播方面，选本甚至超过了一般纯理论著作对读者的影响。例如，《毛诗》《楚辞章句》《文选》《玉台新咏》等唐以前的文学总集对读者的影响，甚或超过《文心雕龙》《诗品》一类的文学批评巨著。② 甚至可以说，选本类文献应是文学批评各门类中重要的一类。鲁迅先生于此说得更直接："选本可以借古人的文章，寓自己的意见。博览群籍，采其合于自己意见的为一集，一法也，如《文选》是。择取一书，删其不合于自己意见的为一新书，又一法也，如《万首唐人绝句》是。如此，则读者虽读古人书，却得了选者之意，意见也就逐渐和选者接近，终于'就范'了。"③

本书以《唐文粹》"古文"类选文为对象，通过对《唐文粹》编选者文学观念的考察，以及对"古文"类作品的选录标准、作品的分类和作者的创作情况等方面的分析，来了解姚铉对唐代"古文运动"发展变化过程的把握；同

---

① 见陶敏、李一飞著《隋唐五代文学史料学》，中华书局，2001年11月第1版，页123-124。
② 参看孙立著《中国文学批评文献学》"选本类文献"，广东人民出版社，2000年12月第1版，页193。
③ 见《集外集·选本》，《鲁迅全集》（第七卷），人民文学出版社，1981年第1版，页136。

时，试图揭示姚铉编选《唐文粹》"古文"类作品的意义和价值，分析姚铉编选唐代文学作品的目的和作用。

　　本书的创新之处在于，通过对姚铉文学观的考察和对其编选《唐文粹》"古文"类作品的分析，特别是对入选作家的分析及入选作品分类方面的探讨，来揭示姚铉关于唐代"古文运动"的认识和其编选《唐文粹》的价值与意义。

目 录

第一章 姚铉与《唐文粹》……………………………………… 1
  一、宋初的文坛状况与姚铉编纂《唐文粹》的背景………… 1
  二、姚铉与《唐文粹》………………………………………… 5

第二章 姚铉的古文观…………………………………………… 8
  一、"古文"的含义与演变…………………………………… 8
  二、从《唐文粹序》看姚铉的古文观……………………… 14

第三章 《唐文粹》"古文"类作家研究……………………… 21
  一、《唐文粹》"古文"类入选作家概况………………… 21
  二、《唐文粹》"古文"类入选作家分析………………… 22

第四章 《唐文粹》"古文"类选文分类研究………………… 33
  一、五原……………………………………………………… 33
  二、三原……………………………………………………… 42
  三、规………………………………………………………… 43
  四、恶………………………………………………………… 45

五、言语对答 ··· 46
六、经旨 ··· 55
七、读 ··· 58
八、辩 ··· 60
九、解 ··· 67
十、说 ··· 74
十一、评 ··· 85
十二、符命 ··· 86
十三、论兵 ··· 90
十四、析微 ··· 97
十五、毁誉 ·· 102
十六、时事 ·· 103
十七、变化 ·· 105

第五章 《唐文粹》"古文"类选文研究总结 ·············· 126

参考文献 ·· 128

第一章 姚铉与《唐文粹》

一、宋初的文坛状况与姚铉编纂《唐文粹》的背景

宋朝开国后，以文礼兴邦，取右文政策。宋太祖、宋太宗都尊儒重文，广罗人才。宋初便兴建崇文院收藏图书，仁宗时王尧臣、欧阳修等奉敕编纂《崇文总目》六十六卷，收书凡三万六千余卷。另外，太宗至真宗年间，朝廷聚集南北文士，编纂了四部大型文史典籍，后人称之为宋代"四大书"，即《太平御览》一千卷，《太平广记》五百卷，《文苑英华》一千卷，《册府元龟》一千卷。"四大书"均篇幅巨大，卷帙浩繁，堪称隆世盛典。这正如姚铉在《唐文粹序》中所描述的。

我宋勃兴，始以道德仁义根乎政，次以诗书礼乐源乎化。三圣继作，晔然文明，霸一变至于王，王一变至于帝，风教逮下将五十年。熙熙蒸黎，久忘干戈战伐之事；伈伈儒雅，尽识声明文物之容。《尧典》曰："文思安安。"《大雅》云："济济多士。"盛德大业，英声茂实，并届于一代，得非崇文重学之明效欤？况今历代坟籍略无亡逸，内则有龙图阁，中则有秘书监、崇文院之列，三馆、国子监之印群书，虽唐汉之盛，无以加此。故天下之人始知文有江而学有海，识于人而际于天，撰述纂录悉有依据。

前朝的文学侍臣如徐铉、陶谷、张昭、张洎、李昉、吴淑等，皆得任用，置之馆阁，执掌文柄。这些作家大都是五代时的翰林学士，曾久知制诰。受五代文风的熏染和辞臣职责的修炼，他们均精于骈体，以致文坛仍如晚唐五代之旧，雕琢浮艳之风盛行，骈俪对偶、无病呻吟之作泛滥。

从《宋史·文苑一》可看出当时文坛的这一面貌。其开篇就说："自古创业垂统之君，即其一时之好尚，而一代之规模，可以豫知矣。艺祖革命，首用文吏而夺武臣之权，宋之尚文，端本乎此。太宗、真宗其在藩邸，已有好

学之名，及其即位，弥文日增。自时厥后，子孙相承，上之为人君者，无不典学；下之为人臣者，自宰相以至令录，无不擢科，海内文士，彬彬辈出焉。国初，杨亿、刘筠犹袭唐人声律之体，柳开、穆修志欲变古而力弗逮。庐陵欧阳修出，以古文倡，临川王安石、眉山苏轼、南丰曾巩起而和之，宋文日趋于古矣。南渡文气不及东都，岂不足以观世变欤！"①

《宋史·文苑一》为宋初十一位文人立传。其中除郭昱"好为古文"外，余则都沿袭晚唐五代的骈俪余风。例如，朱昂"读陶潜《闲情赋》而慕之，因广其辞"。一般以为陶氏《闲情赋》"曲尽丽情，深入冶态"，是"丽以淫"之赋。② 陶集中足供效法的作品比比皆是，但朱昂效法的却是"丽以淫"的《闲情赋》，其崇尚可知。赵邻几"为文浩博，慕徐、庾及王、杨、卢、骆之体……属对精切，致意缜密，时辈咸推服之"。徐陵、庾信之作向以"文并绮艳"，而号"徐庾体"。《周书·庾信传》中说："然则子山（庾信）之文，发源于宋末，盛行于梁季。其体以淫放为本，其词以轻险为宗。故能夸目侈于红紫，荡心逾于郑、卫。昔杨子云有言：'诗人之赋，丽以则；词人之赋，丽以淫。'若以庾氏方之，斯又词赋之罪人也。"③ 王勃等四子之文，"皆精切有本原。其用骈俪作记序碑碣，盖一时体格如此，而后来颇议之。杜诗云：'王、杨、卢、骆当时体，轻薄为文哂未休。尔曹身与名俱灭，不废江河万古流。'正谓此耳。身名俱灭，以责轻薄子。江河万古流，指四子也"④。时尚如此，以致田锡虽然认为"夫人之有文，经纬大道。得其道，则持政于教化；失其道，则忘返于靡漫"⑤，但其文章还是以骈偶居多，可见时风之盛。

在骈体文流行时，首先表现出改革愿望，并开创了宋代古文运动的是

---

① 见《宋史》卷四百三十九，［元］脱脱等撰，中华书局，1977年11月第1版，页12997。
② 见《升庵诗话十四卷》卷三《古赋形容丽情》，［明］杨慎著，《历代诗话续编》，丁福保辑，中华书局，1983年版，页182。
③ 见《周书》卷四十一，［唐］令狐德棻、岑文本、崔仁师撰，中华书局，1971年11月第1版，页744。
④ 见《容斋随笔·容斋四笔》卷五《王勃文章》，［宋］洪迈著，上海古籍出版社，1996年3月第1版，页671。
⑤ 见《贻陈季和书》《咸平集》卷二，［宋］田锡撰，《文渊阁四库全书》第1085册，台湾商务印书馆，1986年版，页381。

柳开、梁周翰、高锡、范杲①与王禹偁等宋初古文作家。他们接受了唐代古文运动的直接影响，在理论上都推崇韩愈，以宗经尊韩相号召，②积极倡言复古，主张文道合一，创作上崇尚平易，反对艰涩。柳开少好韩、柳文，并以古文相号召，《宋史·文苑二》载其"既就学，喜讨论经义。五代文格浅弱，慕韩愈、柳宗元为文，因名肩愈，字绍先。既而改名字，以为能开圣道之涂也"③。他在《应责》一文中说："古文者，非在辞涩言苦，使人难读诵之；在于古其理，高其意，随言短长，应变作制，同古人之行事，是谓古文也。……吾若从世之文也，安可垂教于民哉！亦自愧于心矣。欲行古人之道，反类今人之文，譬乎游于海者，乘之以骥，可乎哉？苟不可，则吾从于古文……吾之道，孔子、孟轲、扬雄、韩愈之道；吾之文，孔子、孟轲、扬雄、韩愈之文。"④所谓"古文"，是相对于晚唐五代盛行的骈俪"时文"而言的，它具有文体的和时代的意义与特征。就文体的意义而言，古文即散体文，具有"随言短长，应变作制"的形式；就时代的意义而言，站在宋代的立足点上，当可泛指五代之前，尤其是中唐时期韩愈、柳宗元的古文。作为重新确立于宋代的重要文体，古文既是文学复古的集中体现，又是儒学复兴的直接载体，这也就构成了宋代古文的内涵与精神风貌。宋人之所以倡导古文，主要是针对宋初文坛"复自翰林杨公唱淫词哇声，变天下正音四十年，眩迷盲惑，天下聩聩晦晦，不闻有雅声"的状况，希望通过复兴古文的方式，拯救斯文，重

---

① 《宋史·文苑一》载："五代以来，文体卑弱，梁周翰与高锡、柳开、范杲习尚淳古，齐名友善，当时有'高、梁、柳、范'之称。"[见《宋史》卷四百三十九，[元]脱脱等撰，中华书局，1977年11月第1版，页13003]《宋史·文苑四》亦云："自五代文敝，国初，柳开始为古文。其后，杨亿、刘筠尚声偶之辞，天下学者靡然从之。修（穆修）于是时独以古文称，苏舜钦兄弟多从之游。"（见《宋史》卷四百四十二，同上，页13070）

② 洪迈在《容斋随笔·国初古文》中详细谈及宋初柳开、穆修等人宗韩的情况［见《容斋随笔·容斋续笔》卷第九，[宋]洪迈著，上海古籍出版社，1996年3月第1版，页329］。

③ 见《宋史》卷四百四十，[元]脱脱等撰，中华书局，1977年11月第1版，页13024。

④ 见《应责》，《河东集》卷一，[宋]柳开撰，《文渊阁四库全书》第1085册，台湾商务印书馆，1986年版，页244。

建政治、文化秩序，实现"尧、舜、禹三王治人之道"的理想。①

王禹偁较早就建立起以古道自任的精神。早在县官任上，他就感咏道："妻儿莫笑甑中尘，只患功名不患贫。自觉有文行古道，可能无位泰生民。"②为沉重的赋敛而忧心忡忡，为自己"惠民无政术"③而深自警励。王禹偁带着"贫贱"出身对民间风情与疾苦本能的关心和体验以及居职尽分、以求无愧的朴实品质，加之他在当时的诗坛学习元白唱和，效其平易作风方面颇领风骚，因而对白居易的乐府讽喻精神有着深入的契合。其《感流亡》《金吾》《竹》《乌啄疮驴歌》《对雪示嘉佑》等都是歌咏民病、讽喻现实的佳作。

作为当时文坛的领袖人物，王禹偁对文学复古的体验和认识相比田锡、张咏更趋向于全面、具体而深入。王禹偁继承中唐乐府讽喻精神的同时，又以古文为武器。淳化元年（990），他在谈到孙何等人"有韩柳风格"的古文作品后，④便正式明确了对韩柳古文"立言"垂教精神的倡导，提出文章"传道而明心"⑤的主张。"传道"强调了散文创作内容的社会化，要求从儒家的角度反映现实、表现社会；"明心"又强调了散文创作内容的个性化，倡导写心，表现自我，这无疑是在韩柳"不平之鸣"基础上的进一步发展。

西昆派是宋真宗祥符、天禧前后逐渐形成的一个文学流派，此派得名于杨亿所编《西昆酬唱集》。其宗法李商隐，以骈体为文，崇尚富丽，讲究辞采、声韵，虽然也强调文章的内容与功用，但更追求文学语言的色彩美和声韵

---

① 见《徂徕石先生文集》卷十五《与君贶学上书》，[宋]石介著，陈植锷点校，中华书局，1984年版，页180。
② 见《长洲遣兴》《吴郡志》卷三十七，转引自徐规《王禹偁事迹著作编年》，商务印书馆，2003年4月第1版，页53。
③ 见《官戍武主簿作》《乾隆山东通志》卷三十五《艺文志》，转引自徐规《王禹偁事迹著作编年》，同上，页34。
④ 见《孙府君墓志铭》《小畜集》卷二十九，王禹偁撰，《文渊阁四库全书》第1086册，台湾商务印书馆，页293。
⑤ 见《答张扶书》《小畜集》卷十八，王禹偁撰，《文渊阁四库全书》第1086册，台湾商务印书馆，页175。

美。其代表作家是杨亿、刘筠、钱惟演、晏殊、李维、路振、刁衎、陈越等人。

姚铉曾与王禹偁交游。为端正当时文风的偏弊，以与《西昆酬唱集》相抗衡，在穆修编辑韩愈、柳宗元集的同时，姚铉"十年于兹，始就厥志"①，编成了《唐文粹》这部宗旨鲜明、取录较为严格的唐代诗文总集。②正如《四库全书总目提要》中所说："于欧、梅未出以前，毅然矫五代之弊，与穆修、柳开相应者实自铉始。"③

二、姚铉与《唐文粹》

姚铉，字宝之，一说宝臣，庐州合肥人。生于宋太祖开宝元年（968）。太平兴国八年（983）进士甲科，淳化五年（994）任职直史馆，历官京西转运使、右正言、右司谏、河东转运使。在两浙转运使任上，与杭州知州有隙，薛以事劾之，被贬为连州文学。大中祥符五年（1012），遇赦，先后任官于岳州、舒州，被授予舒州团练副使之职。卒于天禧四年（1020），年五十三。④

《唐文粹》编成于宋真宗大中祥符四年（1011），原名《文粹》。姚铉在《唐文粹序》中说："大中祥符纪号之四祀，皇帝祀汾阴后土之月，吴兴姚铉集《文粹》成。《文粹》谓何？纂唐贤文章之英粹者也……铉不揆昧懵，遍阅群集，耽玩研究，掇菁撷华，十年于兹，始就厥志。得古赋、乐章、歌诗、赞、颂、碑、铭、文、论、箴、议、表、奏、传、录、书、序，凡一百卷，命之曰《文粹》。"至南宋，此书始称《唐文粹》。南宋周必大在《文苑英华·序》中提及姚铉《唐文粹》是在《文苑英华》的基础上筛选编辑而成，

---

① 《宋史·文苑三》载："铉文辞敏丽，善笔札，藏书至多，颇有异本，两浙课吏写书，亦薛映所掎之一事。虽被窜斥，犹佣夫荷担以自随。有集二十卷。又采唐人文章纂为百卷，目曰《文粹》。"［见《宋史·姚铉传》卷四百四十一，［元］脱脱等撰，中华书局，1977年11月第1版，页13055］

② 参见顾易生、蒋凡、刘明今主编《宋金元文学批评史》，上海古籍出版社，1996年12月第1版，页57。

③ 见《四库全书总目》卷一百八十六《总集类一·〈唐文粹〉》，［清］永瑢等撰，中华书局，1965年6月第1版，页1692。

④ 见《宋史·姚铉传》，［元］脱脱等撰，中华书局，1977年11月第1版，页13054–13055。

《四库全书总目提要》亦承袭此说。今据郭勉愈《〈唐文粹〉"铨择"〈文苑英华〉说辨析》一文考证,《唐文粹》与《文苑英华》之间并无直接联系;在编纂时间上,《唐文粹》是最早的唐代文学总集。①

《唐文粹》一百卷共收唐代诗文作品两千零九十五篇,分为十七大类,共二十二种文体,即古赋、古调、颂、赞、表、书、疏、制策、文、论、议、古文、碑、铭、记、箴、诫、序、传、录、纪事。其卷次分布情况见表1-1。

表1-1 《唐文粹》卷次分布情况

卷 次	文 体	卷 数	篇 数
第一至第九卷	古赋	9	55
第十至第十八卷	古调	9	981
第十九至第二十二卷	颂	4	33
第二十三、二十四卷	赞	2	34
第二十五至第三十卷(上)	表、书、疏	6	70
第三十卷(下)	制策	1	1
第三十一至第三十三卷	文	3	50
第三十四至第三十八卷	论	5	55
第三十九至第四十二卷	议	4	48
第四十三至第四十九卷	古文	7	192
第五十至第六十五卷	碑	16	123
第六十六至第七十卷	铭	5	52
第七十一至第七十七卷	记	7	87
第七十八卷	箴、诫、铭	1	41
第七十九至第九十卷	书	12	124
第九十一至第九十八卷	序	8	122
第九十九、第一百卷	传录纪事	2	27
合 计	二十二类	100卷	2095篇

---

① 参见郭勉愈《〈唐文粹〉"铨择"〈文苑英华〉说辨析》一文,《北京师范大学学报》(人文社会科学版)2002年第6期。凌朝栋在其著作《〈文苑英华〉研究》中坚持周必大的说法,但所提出的证据不足,故不采纳其说(见《〈文苑英华〉研究》页221-224,世纪出版集团上海古籍出版社,2005年4月第1版)。

在《唐文粹》的这二十二种文体中，最值得注意的是第四十三卷至第四十七卷的"古文"类。这是魏晋六朝以来关于文体分类的理论和实践未曾出现过的一类新文体。在历朝历代的"文选"类总集中，也仅有《唐文粹》单列"古文"一类。

　　下面本书将从姚铉的"古文"观入手，通过对"古文"类入选作家和作品做具体分析，揭示姚铉关于唐代"古文运动"的认识和其编选《唐文粹》"古文"类文章的价值与意义。

第二章 姚铉的古文观

一、"古文"的含义与演变

关于文的观念，我国古代很早就已出现，正如刘师培在《论文杂记》中所说："中国三代之时，以文物为文，以华靡为文，而礼乐法制，威仪文辞，亦莫不称为文章。推之以典籍为文，以文字为文，以言辞为文。其以文为文章之文者，则始于孔子作文言。盖'文'训为'饰'，乃英华发外，秩然有章之谓也。故道之发现于外者为文，事之条理秩然者为文，而言词之有缘饰者，亦莫不称之为文。古人言文合一，故借为文章之文。"①

"古文"最初是指古时的文字，后又有古文经典、古文尚书等意思。《中文大辞典》解释说："古文学也。《说文解字叙》其偁《易》孟氏、《书》孔氏、《诗》毛氏、《礼》周官、《春秋》左氏、《论语》《孝经》皆古文也。（段注）古书之言古文者有二，一谓壁中经籍，一谓仓颉所制文字，虽命名率相同，而学士当区别，如古文《尚书》、古文《礼》，此等犹言古本，非必古本字字皆古籀，今本则绝无古籀字也。且如许书未尝不用《鲁诗》《公羊传》今文体，然则云皆古文者，谓其中所说字形、字音、字义皆合仓颉史籀，非谓皆用壁中古本明矣。《汉书·儒林·孔安国传》：'迁书载《尧典》《禹贡》《洪范》《微子》《金縢》诸篇，多古文说。'《盐铁论·相刺》：'坚据古文，以应当世，犹辰参之错。'"②

---

① 见《论文杂记》一〇，刘师培著，舒芜校点，人民文学出版社，1959年11月北京第1版，页118。
② 见《中文大辞典》第六册第三三页，中国文化研究所（台湾），1968年版。

司马迁《太史公自序》："迁生龙门，耕牧河山之阳。年十岁则诵古文。"汉代通行的是隶书，司马迁从十岁开始诵读的"古文"指籀文，籀文是先秦的古文字。梁萧绎《金楼子》："前金楼先生是嵩高道士，多游名山寻丹砂，于石壁上见有古文，见照宝物之秘方，用以照宝，遂获金玉。"这里的"古文"显然也指古代文字。梁陶弘景《刀剑录》："孔甲在位三十一年，以九年岁次甲辰，采牛首山铁铸一剑，铭曰'夹'，古文篆书，四尺一寸。殷太甲在位三十二年，以四年岁次甲子铸一剑，长二尺，文曰'定光'，古文篆书。武丁在位五十九年，以元年岁次戊午铸一剑，长三尺，铭曰'照胆'，古文篆书。周昭王瑕在位五十一年，以二年岁次壬午铸五剑，名五岳，铭曰'镇岳上方'，古文篆书，长五尺。"这里的"古文"也指古代的文字。

作为文章名称的"古文"一词，则出现较晚，据现存文献，最早大概出现于梁简文帝萧纲《与湘东王书》一文中。①

比见京师文体，儒钝殊常，竞学浮疏，争为阐缓。玄冬修夜，思所不得。既殊比兴，正背风骚。若夫六典、三礼，所施则有地；吉凶嘉宾，用之则有所。未闻吟咏情性，反拟《内则》之篇，操笔写志，更摹《酒诰》之作，迟迟春日，翻学《归藏》，湛湛江水，遂同《大传》。吾既拙于为文，不敢轻有掎撼。但以当世之作，历方古之才人，远则扬、马、曹、王，近则潘、陆、颜、谢，而观其遣辞用心，了不相似。若以今文为是，则古文为非；若昔贤可称，则今体宜弃；俱为盍各，则未之敢许。②

萧纲认为那些盲目模仿经书典诰的"京师文体"，"既殊比兴，正背风骚"，完全违背了自《国风》《楚辞》以来抒情写志的优良传统。他在这里将"今文""今体"与"古文"对举，联系萧纲在下文批评裴子野"了无篇什之美"③，则萧纲所说"今文""今体"，当指那些盲目模拟经书，缺少动人情感和生动形象的作品；"古文"在这里则指《诗》《骚》以来多用比兴、吟咏

---

① 葛培岭在《韩愈"古文"含义"与骈散无涉"吗？》一文中亦提及此点，见《中州学刊》1999年第6期，页121—125。
② 见《梁书》卷四十九，[唐]姚思廉撰，中华书局，1973年5月第1版，页690—691。
③ 《梁书》列传第二十四《裴子野传》载："子野为文典而速，不尚丽靡之词。其制作多法古，与今文体异，当时或有诋诃者，及其末皆翕然重之。"（见《梁书》卷第三十，[唐]姚思廉撰，中华书局，1973年5月第1版，页443）

情性,具有鲜明生动形象和真挚动人的情感的诗文。① 由此看来,萧纲所说的"古文"与后来韩愈所说"古文"有明显的不同。其不同之处在于,萧纲重视的是文学的审美特性,提倡的是有真情实感和生动形象的作品。而韩、柳所倡导的古文,则是以"道"为核心,在"文以明道"的主张下,以奇句单行、不讲对偶声律为特点的散体文章。

《四库全书总目》亦提及萧纲此文,并评论说:"梁代沿永明旧制,竞事浮华,故裴子野撰《雕虫论》以砭其失。简文帝《与湘东王书》曰:'六典、三礼,所施则有地;吉凶嘉宾,用之则有所。未闻吟咏情性,反拟《内则》之篇,操笔写志,更摹《酒诰》之作,迟迟春日,翻学《归藏》,湛湛江水,遂同《大传》。'又曰:'时有效谢康乐、裴鸿胪文者,亦颇有惑焉,谢客吐言天拔,出于自然;时有不拘,是其糠粃;裴氏乃良史之才,了无篇什之美。谢故巧不可阶,裴亦质不宜慕。'一代帝王,持论如是,宜其风靡波荡,文体日趋华缛也。然古文至梁而绝,骈体乃以梁为极盛。残膏剩馥,沾溉无穷,唐代沿流,取材不尽。"② 这里提到"古文至梁而绝,骈体乃以梁为极盛",可见后世所认为的"古文",不是萧纲所提倡的重视文章审美特性、具有鲜明生动形象和真挚动人的情感的作品,而是以继承"道统"为核心的文章。

"古文"一词在韩愈的文集中共出现在四篇文章中,即《师说》《与冯宿论文书》《题(欧阳生)哀辞后》《考功员外卢君墓表》四篇。③ 其中,《师说》云:"李氏子蟠,年十七,好古文,六艺经传皆通习之。"④《考功员外卢君墓表》云:"先人之友无在者,起居丈有季曰愈,能为古文,业为

---

① 颜之推在《颜氏家训·文章》篇中认为:"古人之文,宏材逸气,体度风格,去今实远;但缉缀疏朴,未为密致耳。今世音律谐靡,章句偶对,讳避精详,贤于往昔多矣。宜以古之制裁为本,今之辞调为末,并须两存,不可偏弃也。"(见《颜氏家训集解》卷第四,王利器撰,中华书局,1993年12月第1版,页268-269)实为通达之论,可与萧纲所论相参考。
② 见《四库全书总目》卷一百八十九《总集类四·〈梁文纪〉》,[清]永瑢等撰,中华书局,1965年6月第1版,页1721。
③ 见《韩昌黎文集校注》,[唐]韩愈撰,马其昶校注,马茂元整理,上海古籍出版社,1986年12月第1版,页539。
④ 见《韩昌黎文集校注》第一卷,同上,页42。

家。"① 以上两例提到了"古文",但对何为"古文"则没有涉及,下面两例则有所涉及。

《与冯宿论文书》中说:"辱示《初筮赋》,实有意思。但力为之,古人不难到;但不知直似古人,亦何得于今人也?仆为文久,每自则意中以为好,则人必以为恶矣。小称意人亦小怪之;大称意即人必大怪之也。时时应事作俗下文字,下笔令人惭;及示人,则人以为好矣。小惭者亦蒙谓之小好;大惭者即必以为大好矣。不知古文直何用于今世也。然而俟知者知耳。"② 文中将"古文"与"时时应事作俗下文字"的时文对应,此"俗下文字"当指盛行于六朝至隋唐的骈体文。而《题(欧阳生)哀辞后》一文则对"古文"的内容做了较明确的规定:"君喜古文,以吾所为合于古,诣吾庐而来请者八九至,而其色不怨,志益坚。凡愈之为此文,盖哀欧阳生之不显荣于前,又惧其泯灭于后也。今刘君之请,未必知欧阳生,其志在古文耳。虽然,愈之为古文,岂独取其句读不类于今者耶?思古人而不得见,学古道,则欲兼通其辞;通其辞者,本志乎古道者也。古之道,不苟誉毁于人。"③ 可见韩愈为"古文"是为求"古道"、为"学古道"而"兼通其辞"。韩愈所说的"道",乃是"合仁与义言之"④,由尧、舜、禹、汤、文、武、周公以至孔子、孟子代代相传的儒家之道。即"其文《诗》《书》《易》《春秋》,其法礼乐刑政,其民士农工贾,其位君臣、父子、师友、宾主、昆弟、夫妇,其服麻丝,其居宫室,其食粟米果蔬鱼肉"⑤。由此看来,韩愈的"古文"观,是以"文以明道"为核心,以取法先秦、两汉文章传统相号召,以改革文风、文体、文学语言为主要内容,"行之乎仁义之途,游之乎诗书之源",奇句单行、不事骈偶的文章观。

朱自清先生在《经典常谈》中分析了韩愈"古文"的含义:"他(韩愈)说他作文取法《尚书》《春秋》《左传》《周易》《诗经》以及《庄子》、《楚辞》、《史记》、扬雄、司马相如等。《文选》所不收的经子史,

---

① 见《韩昌黎文集校注》第六卷,[唐]韩愈撰,马其昶校注,马茂元整理,上海古籍出版社,1986年12月第1版,页353。
② 见《韩昌黎文集校注》第三卷,同上,页196。
③ 见《韩昌黎文集校注》第五卷,同上,页304。
④ 见《原道》,《韩昌黎文集校注》第一卷,同上,页12。
⑤ 同上。

他都排进'文'里去。这是一个大改革、大解放。他就是这样建立起了文统来，但他并不死板的复古，而以变古为复古。他说，'惟古于词必己出，降而不能乃剽贼'，又说，'惟陈言之务去，戛戛乎其难哉'；他是在创造新语。他力求以散行的句子换掉排偶的句子，句读总弄得参参差差的。但他有他的标准，那就是'气'。他说，'气盛则言之短长与声之高下者皆宜'；'气'就是自然的语气，也就是自然的音节。他还不能跳出那定体'雅言'的圈子而采用白话，但能有意地将白话的自然音节引到文里去，他是第一个人。在这一点上，所谓'古文'也是不'古'的；不过他提出'语气流畅'（气盛）这个标准，却给后进指点了一条明路。他的弟子本就不少，加上私淑的，都往这条路上走，文体于是乎大变。这实在是新体的'古文'，宋代又称为'散文'——算成立在他的手里。"① 这样说来，如上文所言，韩愈所提倡的"古文"，就是采用先秦两汉散行单句的文章体式，"于辞于声天得也""文从字顺各识职"②"天得"就是独得，在用词方面，于词有独得就是"词必己出"；于声有独得就是"言之短长与声之高下者皆宜"③，指文章要谐声。在造句方面，要"文从字顺"，即文句要妥帖流畅。

柳宗元的文章中虽没有出现"古文"之名，但他与韩愈一样，倡言复古，反对骈偶藻饰文，④ 重视文章明道的作用。他在《答韦中立论师道书》一文中明确提出了"文以明道"的文章观："始吾幼且少，为文章，以辞为工。及长，乃知文者以明道，是固不苟为炳炳烺烺，务采色、夸声音而以为能也。"⑤ 故刘师培在《论文杂记》中说："昌黎自述其作文也……而子厚亦有言，谓每为文章，本之《书》《诗》《礼》《春秋》《易》，参之《谷梁》以

---

① 见《经典常谈·文第十三》，朱自清著，香港太平书局，1973年8月重印，页118。
② 见《南阳樊绍述墓志铭》，《韩昌黎文集校注》第七卷，[唐]韩愈撰，马其昶校注，马茂元整理，上海古籍出版社，1986年12月第1版，页539。
③ 见《答李翊书》，《韩昌黎文集校注》第三卷，同上，页169。
④ 出自柳宗元《乞巧文》一文："眩耀为文，琐碎排偶，抽黄对白，啽哢飞走。骈四俪六，锦心绣口，宫沉羽振，笙簧触手。"（见《柳宗元集》第十八卷，柳宗元撰，吴文治等点校，中华书局，1979年10月第1版，页489）
⑤ 见《柳宗元集》第三十四卷，柳宗元撰，吴文治等点校，中华书局，1979年10月第1版，页873。

后其气，参之《孟》《荀》以畅其支，参之《庄》《老》以肆其端，参之《国语》以博其趣，参之《离骚》以致其幽，参之太史以著其洁。此韩、柳为文之旨也。^①夫二子之文，气盛言宜，希踪子史。而韩门弟子有李翱、皇甫湜诸人，偶有所作，咸能易排偶为单行，易平易为奇古，复能务去陈言，辞必己出。当时之士，以其异于韵语偶文之作也，遂群然目之为古文。"^②

韩、柳倡导古文，正是以"道"为核心，在"文以明道"的主张下，学习先秦两汉文章，改进文体，在与僵化空洞的骈体文的斗争中使古文逐步取得了文坛主流的地位。^③陈寅恪先生在《论韩愈》一文中于"改进文体"专门指出："退之之古文乃用先秦、两汉之文体，改作唐代当时民间流行之小说，欲藉之一扫腐化僵化不适用于人生之骈体文，作此尝试而能成功者，帮名虽复古，实则通今，在当时为最便宣传，其合实际之文体也。"^④钱穆先生亦指出："迄于唐人，有意复古，诏令奏议，求能摆脱骈俪，重模典雅，此亭自周隋以来已启其端，然亦终未能厌惬人心，而有以大变乎东汉以下之所为也。自陈子昂、李太白、杜子美诸贤之兴，而诗体一变。自韩、柳之兴而文体亦一变。此二者，皆主复古。诗之复古，求在有兴寄，勿徒尚丽采。文之复古，则主以明道，而毋徒修辞句。"^⑤正是在韩愈、柳宗元的大力倡导和不懈努力下，古文取得了与骈体文相抗衡的地位，并逐渐扩大其表现领域，增强其应用范围。

---

① 洪迈在《容斋随笔·韩柳为文之旨》中亦认为"此韩、柳为文之旨，要学者宜思之"[见《容斋随笔》卷第七，[宋]洪迈著，上海古籍出版社，1996年3月第1版，页85]。

② 见《论文杂记》一一，刘师培著，舒芜校点，人民文学出版社，1959年11月北京第1版，页119-120。

③ 葛晓音在《论唐代的古文革新与儒道演变的关系》一文中认为："唐代古文运动之所以至韩、柳始成，主要是因为韩、柳从现实的需要出发，在批判继承古文运动先驱之文说的基础上，对儒道进行全面的清理，提出了许多反传统观念的新解，以文章内容的变革带动形式的变革，才使'文以载道'说产生了实践意义，并在理论上臻于完善。"（见《中国社会科学》1987年第1期）

④ 见《金明馆丛稿初编》，《陈寅恪文集》之二，陈寅恪著，上海古籍出版社，1980年8月第1版，页285-297。

⑤ 见《杂论唐代古文运动》，《中国学术思想史论丛》（四），钱穆著，台湾东大图书有限公司，1978年版，页52-53。

二、从《唐文粹序》看姚铉的古文观

姚铉的古文观直接承继韩、柳的文学思想,这一点可以从姚铉对唐以前文学历程的回顾与总结得到确证。《唐文粹序》在回顾了宋代立国之初文治教化的盛况后,提出《唐文粹》的编纂目的:

《文粹》谓何?纂唐贤文章之英粹者也。(姚铉《唐文粹序》,下同。)

那么,什么样的文章才是英粹之文呢?其依据的标准是什么呢?姚铉认为:

《诗》之作,有《雅》《颂》之雍容焉;《书》之兴,有《典》《诰》之宪度焉。礼备乐举,则威仪之可观,铿锵之可听也。《大易》定天下之业,而兆乎爻象;《春秋》为一王之法,而系于褒贬。若是者,得非文之纯粹而已乎!是故志其学者必探其道,探其道者必诣其极。然后隐而晦之,则金浑玉璞,君子之道也;发而明之,则龙飞虎变,大人之文也。

他以儒家之经典作为文章源头,把《诗》《书》《易》《春秋》等典籍作为"道"之所存,遵循《原道》《宗经》的传统观念,以"探其道"为作文之目的,这无疑是对韩柳"文以明道"古文理论的继承。

姚铉对两汉文学成就的认识,也直接来自韩、柳。《唐文粹序》云:

汉兴,贾谊始以佐王、经世之文而求用于文帝。绛灌忌才,卒罹谗谪。其后公孙弘、董仲舒、晁错咸以文进,或用或升,或黜或诛。至若严助、徐乐、吾丘寿王、司马长卿辈,皆才之雄者,终不得大用,但侍从优游而已。如刘向,司马迁,扬子云,东京二班,崔、蔡之徒,皆命世之才,垂后代之法,张大德业,浩然无际。

韩愈、柳宗元均对西汉作家评价较高。如韩愈在《答刘正夫书》中说:"汉朝人莫不能为文,独司马相如、太史公、刘向、扬雄为之最。"[①] 在《进学解》一文中提及"下逮《庄》《骚》,太史所录,子云、相如,同工异曲"[②],在《答崔立之书》一文中称屈原、孟轲、司马迁、司马相如、扬雄

---

① 见《韩昌黎文集校注》第三卷,[唐]韩愈撰,马其昶校注,马茂元整理,上海古籍出版社,1986年12月第1版,页206。
② 见《韩昌黎文集校注》第一卷,同上,页44。

为"古之豪杰之士"①。柳宗元也认为西汉文章最值得效法，他曾经打算将《汉书》中所载西汉文排比成书，后未果，而由其堂弟柳宗直成就此事，编为《西汉文类》四十卷，柳宗元为之作序云："文之近古而尤壮丽，莫若汉之西京……殷周之前，其文简而野；魏晋以降，则荡而靡。得其中者汉氏。汉氏之东，则既衰矣。当文帝时，始得贾生明儒术，武帝尤好焉。而公孙弘、董仲舒、司马迁、相如之徒作，风雅益盛，敷施天下，自天子至公卿大夫士庶人咸通焉。于是宣于诏策，达于奏议，讽于辞赋，传于歌谣。由高帝讫于哀、平，王莽之诛，四方之文章盖烂然矣。"②

由此看来，姚铉继承了韩、柳的观点，但在对两汉文学的认识上更为全面。如在对司马相如和东汉作家的评价上，姚铉明显不同于韩、柳。姚铉把司马相如看作和严助、徐乐、吾丘寿王等相同的侍从优游之臣；而对东京二班、崔（瑗）、蔡（邕）评价较高，将他们与刘向、司马迁、扬子云等人并列。在姚铉赞同的人中，贾谊是西汉初最重要的政治家和最杰出的作家，其政论散文代表汉初政论文的最高成就。刘向是西汉后期重要的经学家、目录学家和很有成就的散文家。司马迁既是伟大的史学家，又是汉代成就最高的散文家。班彪、班固是东汉著名的史学家、散文家。崔瑗、蔡邕则是东汉末著名的诗人。于此可以看出：首先，姚铉认为东汉文学成就不逊于西汉。韩、柳不提班固等东汉作家，大概是因为东汉文章句式已渐趋整齐，偶对成分渐多，而韩、柳提倡古文，反对骈文的意识尤为明确、强烈。其次，姚铉对司马相如评价不高，是从《原道》《宗经》角度出发的。而韩、柳推崇司马相如，则是因为司马相如亦"命世之才"，能"张大德业""垂后代之法"。

柳开论文不提《离骚》《庄子》和司马相如而极力推崇扬雄："吾之道，孔子、孟轲、扬雄、韩愈之道；吾之文，孔子、孟轲、扬雄、韩愈之文也。"③王禹偁则认为对扬雄、司马相如的文章要有所取、有所弃，他在《再

---

① 见《韩昌黎文集校注》第三卷，［唐］韩愈撰，马其昶校注，马茂元整理，上海古籍出版社，1986年12月第1版，页165。
② 见《柳宗直西汉文类序》，《柳宗元集》卷二十一，柳宗元撰，吴文治等点校，中华书局，1979年10月第1版，页577。
③ 见《应责》，《河东集》卷一，柳开撰，《文渊阁四库全书》第1085册，台湾商务印书馆，1986年版，页244。

答张扶书》中说:"子之所谓扬雄以文比天地,不当使人易度易测者,仆以为雄自大之辞也,而非格言也,不可取而为法矣……扬雄之《太玄》,既不用于当时,又不行于后代,谓雄死以来,世无文王、周、孔,则信然矣,谓雄之文过于伏羲,吾不信也。仆谓扬雄之《太玄》,乃空文尔……若相如《上林赋》《喻蜀》《封禅文》,刘向谏山陵,扬雄议边事,皆子之所见也,曷尝语艰而义奥乎?"① 相比之下,姚铉对先秦两汉文学的看法则更全面、更融通,尤其是对两汉文学的认识,既高度评价刘向、司马迁、扬扬、东京二班、崔、蔡等命世之才的文章,也注意到贾谊、公孙弘、董仲舒、晁错等人以佐王、经世之文求用于帝;虽然认为严助、徐乐、吾丘寿王、司马长卿等人乃侍从优游之臣,但也肯定他们"皆才之雄者"。

在对屈原的认识、评价上,姚铉亦不同于韩、柳。上文已提及韩愈将屈原与孟子等能文之士称为"豪杰",并将《庄子》与《离骚》并称;柳宗元亦将屈原的作品作为效法的对象,如他在《答韦中立论师道书》中说"参之《离骚》以致其幽",在《报袁君陈秀才避师名书》中亦认为"《左氏》《国语》,庄周、屈原之辞,稍采取之"②。和韩、柳师法屈原不同,姚铉则认为:

自微言绝响,圣道委地,屈平、宋玉之辞,不陷于怨怼,则溺于谄惑。

这种看法也是唐代古文运动前驱者们的共识,"从王勃、卢藏用、李白、张九龄,以至于萧颖士、李华、贾至、独孤及、崔佑甫、柳冕、权德舆等人都有贬抑屈、宋之语。其原因,一是着眼于《楚辞》文风之华美,认为是后世文风婉丽浮侈之源;二是着眼于《楚辞》情感之哀怨,以为'失中',不合大雅,并与战国之纷乱,楚国之灭亡相联系,指为衰世亡国之音。他们依据儒家政治、文学密不可分的观点,将战国以迄隋朝的政治、社会和文学的发展都说成是每况愈下,从而高唱其复古宗经的大言宏论"。③

对于魏晋六朝文学,韩愈认为:"其下魏晋氏,鸣者不及于古,然亦未尝绝也;就其善者,其声清以浮,其节数以急,其辞淫以哀,其志驰以肆,

---

① 见《小畜集》卷十八,王禹偁撰,《文渊阁四库全书》第1086册,台湾商务印书馆,页176。
② 见《柳宗元集》第三十四卷,柳宗元撰,吴文治等点校,中华书局,1979年10月第1版,页880。
③ 见《中国文学批评通史·隋唐五代卷》,王运熙、顾易生主编,上海古籍出版社,1996年版,页505。

其为言也，乱杂而无章。"① 他在《荐士》一诗中亦评曰："……建安能者七，卓荦变风操。逶迤抵晋宋，气象日凋耗。中间数鲍谢，比近最清奥。齐梁及陈隋，众作等蝉噪。搜春摘花卉，沿袭伤剽盗。……"② 这和陈子昂观点大致相同③。韩愈贬抑晋宋，尤轻齐梁。不过于刘宋称赏鲍照、谢灵运，称其风格"清奥"，可能是因为鲍、谢诗风在奇奥方面与其有相通之处。韩愈批评齐梁陈隋，一是因为其细碎小巧如同搜摘花卉，二是认为其沿袭剽盗。陈子昂指斥齐梁，重点在于齐梁间诗"兴寄都绝"；④ 韩愈则着眼于其诗风绮碎，沿袭剽盗。姚铉亦有类似的看法，他说：

> 至于魏晋，文风下衰，宋齐以降，益以浇薄。然其间鼓曹、刘之气焰，耸潘、陆之风格，舒颜、谢之清丽，蔼何、刘之婉雅，虽风兴或缺，而篇翰可观。至梁昭明太子统，始自楚骚，终于本朝，尽索历代才士之文，筑台而选之，得三十卷，号曰《文选》。亦一家之奇书也。厥后徐、庾之辈，淫靡相继。

姚铉认为曹（植）、刘（桢）、潘（岳）、陆（机）、颜（延之）、谢（灵运）、何（逊）、刘（孝绰）等人虽缺少风骨兴寄，但分别在气势、风格及清丽、婉雅等方面有值得赞赏之处。到了后来的徐（陵）、庾（信）等人，文风就更加淫靡。这说明姚铉一方面重道，另一方面仍相当重视文采。尤其令人注意的是，在"宋齐以降，益以浇薄"的评价下，姚铉认为《文选》"亦一家之奇书"，并期以嗣《文选》，究其原因，在于《文选》是一部遍及诸体、兼顾古今、反映当时一般文学观点和审美趣味的文章总集。当然，这并不意味

---

① 见《送孟东野序》，《韩昌黎文集校注》第四卷，[唐]韩愈撰，马其昶校注，马茂元整理，上海古籍出版社，1986年12月第1版，页232。

② 《全唐诗》第五函第十册，上海古籍出版社，1986年10月第1版，页834。

③ 陈子昂在《与东方左史虬〈修竹篇〉序》评论齐、梁诗坛云："仆尝暇时观齐梁间诗，彩丽竞繁，而兴寄都绝，每以永叹。"

④ 卢藏用《右拾遗陈子昂文集序》中也谈及魏晋齐梁间的文坛状况，他说："汉兴三百年，贾谊、马迁为之杰，宪章礼乐，有老成人之风。长卿、子云之俦，瑰诡万变，亦奇特之士也。惜其王公大人之言，溺于流辞而不顾。其后班、张、崔、蔡、曹、刘、潘、陆，随波而作，虽大雅不足，其遗风余烈，尚有典型。宋、齐以来，盖憔悴逶迤，陵颓流靡，至于徐、庾，天之将丧斯文也。"[见《全唐文》卷二三八，[清]董诰等编，中华书局，1983年11月第1版，页2402]

着姚铉《唐文粹》的编选标准也是照搬《文选》,而是有他自己的目的和标准的。

姚铉关于唐以前中国文学发展变化的认识,基本上延续韩愈、柳宗元的看法。他关于唐代文学发展变化的看法,也反映出其关于古文的认识是符合唐代古文运动的发展实际的。当然也是符合韩、柳关于古文的认识的。他最值得称道之处,就在于对唐代文学的归纳和总结。姚铉可以说是较早对唐代文学进行全面评价的人之一,其观点影响深远。关于唐代文学的发展,《唐文粹序》是这样评述的:

有唐三百年,用文治天下。陈子昂起于庸蜀,始振风雅。由是沈、宋嗣兴,李、杜杰出。六义四始,一变至道。洎张燕公以辅相之才,专撰述之任,雄辞逸气,耸动群听。苏许公继以宏丽,丕变习俗。而后萧、李以二《雅》之辞本述作,常、杨以三《盘》之体演纶。郁郁之文,于是乎在。惟韩吏部超卓群流,独高遂古,以二帝三王为根本,以六经四书为宗师。凭陵轥轹,首倡古文。遏横流于昏垫,辟正道于夷坦。于是柳子厚、李元宾、李翱、皇甫湜,又从而和之。则我先圣孔子之道,炳然悬诸日月。故论者以退之之文,可继杨、孟,斯得之矣。至于贾常侍至、李补阙翰、元容州结、独孤常州及、吕衡州温、梁补阙肃、权文公德舆、刘宾客禹锡、白尚书居易、元江夏稹,皆文之雄杰者欤,世谓贞元、元和年间,辞人咳唾成珠玉,岂诬也哉!

首先引起我们注意的,是姚铉关于唐代文学发展的"三变"说。[①] 唐人其实已注意到唐代文学的发展变化,如古文运动的前驱者独孤及曾说:"帝唐以文德敷佑于天下,民被王风,俗稍丕变。至则天太后时,陈子昂以雅易郑,学者浸而向方。天宝中,公(李华)与兰陵萧茂挺、长乐贾幼几勃焉复起,振中古之风,以宏文德。"[②] 后其弟子梁肃进一步发挥了此观点,他在《补阙李翰前集序》一文中说:"唐有天下几二百载,而文章三变:初则广汉陈子昂以风雅革浮侈;次则燕国张公说以宏茂广波澜;天宝以还,则李员外、萧功曹、贾常侍、独孤常州比肩而出,故其道益炽。"此二人谈的是唐代古文运动前的情

---

① 参考陈平原《唐宋古文运动述略》(见《浙江社会科学》1996年第1、2期)和王太阁《"唐文三变"新论》(见《中州学刊》2004年第4期)两文。

② 见独孤及《赵郡李公中集序》,《全唐文》卷三八八,[清]董诰等编,中华书局,1983年11月第1版,页3946。

形,强调了陈子昂的开拓之功。姚铉在此基础上,对唐代文学做了更为全面精到的评价。尤其是他对唐代以韩、柳为中心的古文运动的认识,全面而深刻,下文将详细论及。

和姚铉同时的穆修,亦有与姚铉相似的看法:"唐之文章,初未去周、隋五代之气。中间称得李、杜,其才始用为胜,而号专雄歌诗,道未极其浑备。至韩、柳氏起,然后能大吐古人之文,其言与仁义相华实而不杂。"① 其后,宋祁在《新唐书·文艺传上》中论及唐代文学亦云:"唐有天下三百年,文章无虑三变。高祖、太宗,大难始夷,沿江左余风,缔句绘章,揣合低卬,故王、杨为之伯;玄宗好经术,群臣稍厌雕琢,索理致,崇雅黜浮,气益雄浑,则燕、许擅其宗。是时,唐兴已百年,诸儒争自名家。大历、贞元间,美才辈出,擩哜道真,涵泳圣涯,于是韩愈倡之,柳宗元、李翱、皇甫湜等和之,排逐百家,法度森严,抵轹晋、魏,上轧汉、周,唐之文宛然为一王法。"② 由于姚铉、穆修等宋初复古派对唐代文学尤其是古文运动的正确认识和评价,并在他们的大力提倡之下,古文的再度复兴才成为可能。

其次,姚铉认为古文是韩愈首倡,并指出韩愈的古文是"以二帝三王为根本,以六经四书为宗师",并认为"退之之文,可继扬、孟",这表明姚铉对韩愈"文以明道"的认识是相当准确的,并且姚铉对唐代古文运动发展变化的描述也是符合实际的。在姚铉所提及的作家中,萧颖士、李华、贾至、李翰、元结、独孤及、梁肃等人都通过自己的实践,从不同的方面,对唐代文学的革新有所贡献,在倡导文体复古上起了重要作用,是古文运动的前驱者。同时,姚铉注意到了以韩、柳为中心的古文作家们之间的相互关系与影响,既提及古文运动的核心作家群(包括韩愈、柳宗元、李观、李翰、皇甫湜、吕温、刘禹锡等人),也注意到白居易、元稹这样对"古文运动"的发展做出了重要贡献的诗文大家,至于权德舆、牛僧儒(《唐文粹序》中未提及,但收入其作品五篇)这样一些在政治上有地位、有影响且努力创作并提倡古文的人,姚铉亦有关注。

---

① 穆修《唐柳先生集后序》,见《柳宗元集》附录,中华书局,1979年10月第1版,页1444。
② 见《新唐书》卷二〇一,[宋]欧阳修、宋祁撰,中华书局,1975年2月第1版,页5725—5726。

稍后的石介在《上赵先生书》一文中也表达了相似的观点："唐之初，承陈、隋剥乱之后，余人薄俗，尚染齐、梁流风，文体卑弱，气质丛脞，犹未足以鼓舞万物，声明六合。逮章武皇帝负羲、轩之姿，怀唐、虞之材，卓然起立于轩墀之上，武功戡定海内，刮疵剔瑕，乾清坤宁，以文德化成天下，惊潜烛幽，雷动日烜。韩吏部愈应期会而生；学独去常俗，直以古道在己，乃以《空桑》《云和》，和千数百年希阔泯灭已亡之曲，独唱于万千人间。众人耳惯所听，唯郑、卫愆懘之声，忽然闻其太古之上、无为之世《雅》《颂》正始之音，恍惚茫昧，如丧聪、如失明，有骇而亟走者，有陋而窃笑者，有怒而大骂者，丛聚嘲噪，万口应答，声无穷休。爱而喜、前而听、随而和者，唯柳宗元、皇甫湜、李翱、李观、李汉、孟郊、张籍、元稹、白乐天辈数十子而已。吏部志复古道，奋不顾死，虽摈斥摧毁日百千端，曾不少改所守。数十子亦皆协赞附会，能穷精毕力，效吏部之所为。故以一吏部、数十子力，能胜万百千人之众，能起三数百年之弊。唐之文章所以坦然明白，揭于日月，浑浑灏灏，浸如江海，同于三代，驾于两汉者，吏部与数十子之力也。"①

虽然《唐文粹序》没有提及晚唐的杜牧、罗隐、皮日休、刘蜕、陈黯、陆龟蒙等"小品文"作家（这些作家应该看作韩、柳提倡"古文运动"之后，古文运动在晚唐深入发展的代表作家），但姚铉在具体操作中，不仅单列"古文"这种文体，而且收录的作品及其作家都有一定的代表性，反映了当时古文创作的实绩。这些都说明姚铉对古文运动的认识是全面而深刻的，这也正是《唐文粹》能得到较高程度的认可的原因。

下面将从"古文"类入选作品的作者和入选作品的分类两方面，进一步分析姚铉对古文运动的认识和评价。

---

① 见《徂徕石先生文集》卷十二，[宋]石介著，陈植锷点校，中华书局1984年版，页136—137。

第三章 《唐文粹》"古文"类作家研究

一、《唐文粹》"古文"类入选作家概况

《唐文粹》"古文"类所收作品共有七卷（第四十三卷至第四十九卷），收入以韩愈、柳宗元为中心的古文作家的作品一百九十二篇。在入选《唐文粹》的各类作品中，"古文"类作品的篇数仅次于"古调"类（诗，共计九百八十一首）作品；在入选《唐文粹》的各类文章中，"古文"类作品的篇数排在第一位，比碑（共一百二十三篇）、书（共一百二十四篇）、序（共一百二十二篇）等文体的收录篇数都多。

《唐文粹》"古文"类所收录的这一百九十二篇文章中，《文苑英华》仅收录了其中的三十八篇，特别是晚唐的袁皓、来鹄、程晏、沈颜、卢潘、韦筹、朱阅、罗衮、张彧、王蔼、李甘、盛均等作家的作品，《文苑英华》没有收录。所以，在了解晚唐古文创作情况方面，《唐文粹》"古文"类所收录的作品为我们提供了珍贵的文献资料。由此可见，在保存唐代文学作品方面，《唐文粹》具有独特的价值。

《唐文粹》"古文"类所收的一百九十二篇作品共涉及三十五位作家。这些作家可以分为三类：一类是李华、元结、尚衡、独孤郁等"古文运动"之前的作家；一类是以韩愈、柳宗元为中心的中唐古文作家群，包括皇甫湜、李翱等"韩门弟子"和白居易、牛僧孺等作家；第三类是晚唐古文作家群，既有杜牧这样诗文兼善的"晚唐第一人"和李商隐、段成式这样以骈体文著称的诗文家，也有孙樵、刘蜕、皮日休、陆龟蒙、罗隐这些古文运动的继承者，以及司空图、房千里、陈黯、袁皓、来鹄、程晏、沈颜、王涯、卢潘、韦筹、朱阅、罗衮、张彧、王蔼、李甘、盛均、杨夔等作家。

下面将这些作者入选《唐文粹》的文章篇数和入选《唐文粹》"古文"

类的作品篇数列表如下（表3-1）。

表3-1　入选作者及其作品篇数

作　者	入选《唐文粹》总篇数	入选《唐文粹》"古文"类篇数	作　者	入选《唐文粹》总篇数	入选《唐文粹》"古文"类篇数
韩　愈	62	16	司空图	14	2
柳宗元	58	8	来　鹄	4	3
元　结	24	15	独孤郁	2	1
皮日休	76	64	沈　颜	5	4
牛僧孺	5	3	杜　牧	19	3
李　翱	17	7	王　涯	1	1
刘　蜕	10	6	卢　潘	4	4
陈　黯	5	5	韦　筹	1	1
陆龟蒙	15	10	朱　阅	1	1
袁　皓	3	2	罗　衮	1	1
罗　隐	14	8	张　彧	2	1
李　华	28	2	李商隐	12	1
程　晏	7	6	房千里	3	1
李　甘	3	3	皇甫湜	14	1
盛　均	4	3	段成式	3	1
杨　夔	2	2	王　蔼	2	1
尚　衡	1	1	孙　樵	9	2
白居易	24	1			

二、《唐文粹》"古文"类入选作家分析

从表3-1所列情况来看，入选《唐文粹》"古文"类作品数在五篇以上的作家，有韩愈、柳宗元、元结、皮日休、李翱、刘蜕、陈黯、陆龟蒙、罗隐、程晏等十人，且这十位作家除陈黯、程晏外，其入选《唐文粹》的文章总数都在十篇以上，这说明姚铉对这些作家的关注度较高，对其创作持肯定态度。

在上述十位作家中，元结是韩愈、柳宗元所倡导的"古文运动"之前的作家。《新唐书》有传（卷一四三），天宝十三载（754）进士，著有《元子》《文编》等，今存《元次山集》。欧阳修曾评价元结说："次山当开元、

天宝时,独作古文,其笔力雄健,意气超拔,不减韩之徒也。可谓特立之士哉。"① 元结可以说是唐代第一位把主要精力用于杂文创作的作家。他的杂文短小精悍,喜用象征、比喻、想象、夸张等笔法,写出奇峭冷峻、尖刻犀利的文字。他又特别善于讽刺,章学诚说他的文章充满"愤世嫉邪之意"②,如《唐文粹》"古文"类所收《时化》《世化》《五规》《恶圆》《恶曲》《时议三篇》等文章,篇篇都是立意新颖、含义深远的抨击之作。其中,《恶圆》《恶曲》及已佚的寄方国二十国事等作品,均为比拟生动、寓意深刻的寓言体作品,③ 这类作品皆独立成篇,隐喻以刺世,不再如先秦诸子的寓言,已经摆脱了论理附庸的地位。元结创作的这些寓言体文章,可能直接影响到了柳宗元的寓言文创作。

元结的文章众体具备,不同体裁各有优秀篇章,如表、颂类的《谢上表》《再谢上表》《左黄州表》和《大唐中兴颂》(《唐文粹》收入后两篇)等;山水游记有《右溪记》《菊圃记》《茅阁记》等文,也是其代表作品。他的文章风格朴质、不事藻饰,显示了散文创作的新貌。④ 元结的散文,在唐代评价甚高。李商隐在《容州经略使元结文集后序》一文中说:"其文危苦激切,悲忧酸伤于性命之际……次山之作,其绵远长大,以自然为祖,元气为根,变化移易之……而论者徒曰次山不师孔氏为非。呜呼!孔氏于道德仁义

---

① 见《集古录跋尾》卷八《唐元次山铭》,《欧阳修全集》卷一四一,李逸安点校,中华书局,2001年3月第1版,页2261—2262。
② 见《章氏遗书》卷十三《元次山集书后》,[清]章学诚撰,上海商务印书馆,民国25年(1936年)版,页70。
③ 以儒家传统观念来看,这类作品皆荒诞不经。故洪迈在《容斋随笔·元次山元子》中说:"而第八卷中所载寄方国二十国事,最为谲诞。其略云:'方国之僵,尽身皆方,其俗恶圆。设有问者曰:汝心圆。则两手破胸露心,曰:此心圆耶?圆国则反之。言国之僵,三口三舌,相乳国之僵口以下直为一窍。无手国,足便于手,无足国,肤行如风。'其说颇近《山海经》,固以不疑,至云:'恶国之僵,男长大则杀父,女长大则杀母。忍国之僵,父母见子,如臣见君。无鼻之国,兄弟相逢则相害。触国之僵,子孙长大则杀之。'如此之类,皆悖理害教,于事无补。"[见《容斋随笔》卷第十四,[宋]洪迈著,上海古籍出版社,1996年3月第1版,页186] 这些"澶漫矫亢"(洪迈语)的作品,正显示出作品鲜明的批判色彩。
④ 见《唐代文学史》,聂石樵著,北京师范大学出版社,2002年9月第1版,页452—461。

外有何物？百千万年，圣贤相随于涂中耳。次山之书曰：三皇用真而耻圣，五帝用圣而耻明，三王用明而耻察。嗟嗟此书，可以无乎？孔氏固圣矣，次山安在其必师之邪。"①元结的创作预示着文章创作和文体改革新局面的开始。故《四库全书总目·毗陵集》在谈及唐代文学的发展时说："考唐自贞观以后，文士皆沿六朝之体。经开元、天宝，诗格大变，而文格犹袭旧规。元结与及始奋起湔除，萧颖士、李华左右之。其后韩、柳继起，唐之古文，遂蔚然极盛。斫雕为朴，数子实居首功。"②章学诚也说："人谓六朝绮靡，昌黎始回八代之衰，不知五十年前，早有河南元结为古学于举世不为之日也，呜呼，元亦豪杰也哉！"③

《唐文粹》"古文"类所收韩愈的作品较有代表性，既有《原道》《原性》这样的论"道"之作，也有《师说》《讳辨》《杂说四首》等杂说文章。这些散体单行的"古文"，正是韩愈文体革新的成果。姚铉将这些创新之作收入"古文"类，说明他已经认识到韩愈的这类文章不同于传统的"论""议"体作品。

这类文章不仅在形式上完全摆脱了骈体文的影响，而且在内容上也不同于秦汉的论说文，其立论不再仅限于朝廷庙堂，而是开始侵入个人的境域，成为抒一己之情怀、发一己之不平的工具。韩愈不但强调"修其辞以明其道"，而且对于文章抒发感慨，尤其是对其抒泻、悲忧、怨怼之情、自我娱乐的作用是加以肯定的。凡是种种人生苦闷和悠游娱乐，或理想不能实现，或遭贬斥，或苦衰病，或处于贫贱患难，或虽富贵而苦于拘牵，或谐谑游戏，或乐而忘忧，均可寓之于文。只要心中有"不平"，胸中有所感，都可以"鸣之"。④

---

① 见《全唐文》卷七七九，[清]董诰等编，中华书局，1983年11月第1版，页8135。
② 《四库全书总目》卷一百五十《别集类三·〈毗陵集〉》，[清]永瑢等撰，中华书局，1965年6月第1版。
③ 见《章氏遗书》卷十三《元次山集书后》，章学诚撰，上海商务印书馆，民国25年（1936年）版，页70。
④ 葛晓音在《古文成于韩柳的标志》一文中即认为："他们（韩、柳）的创作个性虽然不同，但都使散文突破了正面阐述政治主张和哲学思想的应用范围，改变了古文运动先驱以典谟誓诰为古文最高标准的传统观念。在应用文章中灌注了自己的个性、遭遇、感慨、意志和心绪，从而使散文跨入了自由的艺术领域。"（见《学术月刊》，1987年第1期）

故韩愈在《送孟东野序》中说:"大凡物不得其平则鸣:草木之无声,风挠之鸣;水之无声,风荡之鸣。其跃也或激之,其趋也或梗之,其沸也或炙之;金石之无声,或击之鸣。人之于言也亦然:有不得已者而后言,其歌也有思,其哭也有怀,凡出乎口而为声者,其皆有弗平者乎!乐也者,郁于中而泄于外者也;择其善鸣者而假之鸣……是故以鸟鸣春,以雷鸣夏,以虫鸣秋,以风鸣冬,四时之相推夺,其必有不得其平者乎!其于人也亦然:人声之精者为言,文辞之于言,又其精也,尤择其善鸣者而假之鸣。"①

其内容无所不包,显示了古文巨大的包容性;其表现力大大扩展,上可达于帝听,下可融入社会人生百态。文章不再仅是"经国之大业,不朽之盛事"②,也是抒情达意的载体。从这个角度看,韩、柳的古文运动实则是旧瓶装新酒,虽名为古文,其实新矣。

正因为如此,所以吉川幸次郎先生在《中国文学史》一书中说:"到韩愈,新的文体被确立了,但这不仅是文体的变化,更重要的是散文的内容依靠韩愈得到了充实。以前装饰性的文体必须要有与之相适应的题材,它却很难叙述我们身边的事物,而韩愈却利用新文体表现了以前散文所不能表现的题材。"③

《唐文粹》所选录的柳宗元的"古文"类作品以"说"体为最多,共有五篇,说明姚铉注意到"说"体作品在其"古文"创作中所体现出来的独特性。这种文体虽古已有之,但韩、柳的"说"体文已有了很大的变化。这类文章题材广泛、形式多样。他们针对哲学、政治、意识形态以及社会现实中的方方面面的问题,随事立意,思想活泼,论辩大胆,阐释主题往往别具一格、独出新意。在写法上善于以小见大,就事论理,构思新颖,旁敲侧击,又巧妙

---

① 见《韩昌黎文集校注》第四卷,〔唐〕韩愈撰,马其昶校注,马茂元整理,上海古籍出版社,1986年12月第1版,页232。
② 见曹丕《典论·论文》,《文选》第五十二卷,(梁)萧统编,〔唐〕李善注,清嘉庆十年(1805)胡克家刻本,中华书局,1977年影印本,页720。
③ 见《中国文学史·中世文学(下)》,(日)吉川幸次郎著,陈顺智、徐少舟译,四川人民出版社,1987年9月第1版,页115。

利用叙述、议论、抒情等多种手法,提高了古文的表现力。① 葛晓音在《古文成于韩柳的标志》一文中认为,"古文成于韩柳的关键在于:他们除写作政治、哲学方面的议论文之外,还有相当一部分文章是发自真性情的穷苦愁思之声。尽管韩柳散文的内容并不相同,韩愈寄慨以道德才学之士的不平之鸣为主,柳宗元述怀以志士遭贬被逐的失意幽愤为主,但都是抒写怀才不遇、有志难展的苦闷,而这本是魏晋以来文人诗赋的一个重要主题。因此韩柳变'笔'为'文'的主要标志是在应用文章中感怀言志,使之产生抒情文学的艺术魅力"②。这样看来,韩、柳于古文运动的最大贡献,并非仅限于倡导"文以明道",更重要的是,他们以自己的实践扩大了古文的表现领域,将应用之"笔"与"感怀言志"之文完美地结合起来,使古文的应用范围大大地扩展了,表现手法更丰富了,语言更流畅、更贴近现实生活了。

李翱,《旧唐书》(卷一百六十)、《新唐书》(卷一百七十七)有传,字习之,陈留(今河南开封)人。他早年见知于梁肃,后"从昌黎韩愈为文章,辞致浑厚,见推当时"③。他在《与陆傪书》中评韩愈:"又思我友韩愈,非兹世之文,古之文也;非兹世之人,古之人也。其词与其意适,则孔子既没,亦不见有过于斯者。"其文学思想亦源于韩愈,强调儒家之"仁义"为文章之根本,他在《寄从弟正辞书》中说"天性与仁义者,未见其无文也;有文而能到者,吾未见其不力于仁义也"。又其《答朱载言书》说:"义深则意远,意远则理辩,理辩则气直,气直则辞胜,辞胜则文工……六经之后,百家之言兴,老聃、列御寇、庄周、田穰苴、孙武、屈原、宋玉、孟轲、吴起、商鞅、墨翟、鬼谷子、荀况、韩非、李斯、贾谊、枚乘、司马迁、相如、刘向、扬雄等,皆足以自成一家之文,学者之所师归也。故义虽深,理虽当,词不工者不成文,宜不能传也。文、理、义三者兼并,乃能独立于一时,而不泯灭于

---

① 柳宗元也认为古文不仅用以明道,也有抒情状物的功用,他在《读韩愈所著〈毛颖传〉》一文中对此做了深入的分析。这种观点正说明韩、柳的文章观在六朝文学思想的基础上有了更进一步的发展,并直接影响到宋代散文。张国俊、张瑞年《论唐宋艺术散文的特征及不足》一文对此有深入论述 [见《西北大学学报》(哲社版),2002年第2期]。

② 见《学术月刊》,1987年第1期,页56–62。

③ 见《新唐书》卷一百七十七,[宋]欧阳修、宋祁撰,中华书局,1975年2月第1版,页5282。

后代，能必传也。"① 即要求在文章中对圣人的义理做出深刻的阐述。

他发扬了韩愈文章内容纯正、表达流畅、"文从字顺"的文风，如在《与陆俨书》中向友人介绍李观、韩愈的文章，诚挚恳切，曲折详缓；写到自己的处境，更寄慨深厚。《复性书》之论性理，《平赋书》之论政事，《答朱载言书》之论文章，都说理详悉，俯仰有度，在论理中一步步推进，平易和平，全无矜心使气之态。在韩派古文家中，李翱的古文成就仅次于韩愈。正如陈振孙在《直斋书录解题》中所云："习之为文，源委于退之，可谓得其传矣，但其才气不能及耳。"②

刘蜕，字复愚，自号文泉子，长沙（今湖南省长沙市）人，"大中时擢进士，累迁右拾遗、中书舍人。忤宰相令狐绹，出为华阴令。终商州刺史"。③ 他早传"古学"，反对"时文"，《文泉子自序》中称："收其微词属意古今上下之间者，为外、内焉；复收其怨抑颂记婴于仁义者，杂为诸篇焉。"④ 他在文章中一再强调自己写作志在有用于时，寄托善恶，尊儒反佛。这表明他在思想上、文章上都继承了韩愈。刘蜕文章行文务求出奇走险，由于过于追求形式上的奇险，从而影响了内容的表达。如《古渔父四篇》文字令人费解，读之难解其文意。他是古文运动发展到晚唐，向奇、险、怪方向发展的代表作家之一。

皮日休、陆龟蒙、罗隐三位是晚唐以"小品文"著称的作家。这里所说的"小品文"，即指篇幅短小、表现自由的短篇杂论。皮日休的《鹿门隐书》六十篇是这种小品文的代表作品，这些杂感式的短文极其简练，有的仅寥寥数语，但涉及的内容相当广泛，从对当政者罪恶的揭发到对历史规律性的认识，从对现实生活的现象描述到对其深刻剖析，作者都提出了颇为精辟的看法。这些看法没有内在联系，各成段落，但综合来看则暴露了当时社会一定的现实，是一般人不能言、不敢言的。在手法上，多用对比、比喻、夸张、象征，

---

① 见《全唐文》卷六三五，［清］董诰等编，中华书局，1983年11月第1版，页6411。
② 见《直斋书录解题》卷十六，（南宋）陈振孙撰，武英殿聚珍本，见《中国历代书目丛刊》（第一辑）（上），许逸民、常振国编，现代出版社，1987年11月第1版，页1406。
③ 见《全唐文》卷七八九，［清］董诰等编，中华书局，1983年11月第1版，页8252。
④ 见《全唐文》卷七八九，同上，页8259。

并尽量使语言简练，尽量用概括的手法以达到鲜明有力的效果。皮日休的小品文体裁多样，以议论精辟见长。其文立论新颖，说理透彻，逻辑严密，语言精练。《四库全书总目》评其文："今观集中书序论辨诸作，亦多能原本经术。其《请孟子立学科》《请韩愈配飨太学》二书，在唐人尤为卓识，不得仅以词章目之。"①

陆龟蒙与皮日休是好友，思想亦与皮日休相近，即崇尚儒学，其自撰《甫里先生传》云："好读古圣人书，探六籍，识大义，就中乐《春秋》，抉摘微旨。"②又其《复友生论文书》云："我自小读六经，孟轲、扬雄之书，颇有熟者。求文之指趣、规矩，无出于此。"③说明其思想、文章都宗法六经及孟子、扬雄。陆龟蒙的文章多短小精悍、简洁含蓄，往往以借古喻今、托物讽时之方式，揭露现实、抨击时政。尤其是其小品文，多刺世之作，往往以比喻的手法和寓言的形式抒发对时政的见解和评述，更富有形象性。《四库全书总目》评他与皮日休的文章说："龟蒙与皮日休相倡和，见于《松陵集》者，工力悉敌，未易定其甲乙。惟杂文则龟蒙小品为多，不及日休《文薮》时标伟论。然闲情别致，亦复自成一家，固不妨各擅所长也。"④

罗隐与皮日休、陆龟蒙同为晚唐小品文的重要作家。罗隐的小品文多采用寓言和神话的形式抒发自己的见解，并借历史上的一事件或一现象表达自己的观点，皆意味隽永、发人深思。其体制短小精悍、灵活自由，往往仅用二三百字，或抒愤慨，或申惋叹，或怒骂，或嘲谑，笔锋犀利，委婉有致，为晚唐趋向的古文创作增添了一道光彩。小品文的价值就在于，它在很大程度上是个人抒情达意的工具，鲁迅先生在《小品文的危机》中说："唐末诗风衰落，而小品放了光辉。但罗隐的《谗书》，几乎全部是抗争和愤激之谈；皮日休和陆龟蒙自以为隐士，别人也称之为隐士，而看他们在《皮子文薮》和《笠泽丛书》中的小品文，并没有忘记天下，正是一塌糊涂的泥塘里的光彩和锋

---

① 见《四库全书总目》卷一百五十一《皮子文薮》，[清] 永瑢等撰，中华书局，1965年6月第1版，页1300。
② 见《全唐文》卷八〇一，[清] 董诰等编，中华书局，1983年11月第1版，页8420。
③ 见《全唐文》卷八〇〇，同上，页8403。
④ 见《四库全书总目》卷一百五十一《笠泽丛书》，[清] 永瑢等撰，中华书局，1965年6月第1版，页1300。

铿。"① 由此可见，皮日休、陆龟蒙、罗隐在古文发展过程中的重要地位。

姚铉《唐文粹》"古文"类收入他们三人的作品，不仅篇数多，而且较有代表性，说明姚铉对古文运动在晚唐的发展变化有清晰的认识和把握，对于皮日休、陆龟蒙、罗隐等晚唐作家在古文创作上的成绩是相当肯定的。《唐文粹》"古文"类大量收入这类文章也说明姚铉不仅把小品文看作古文运动的成果，而且也认识到晚唐的古文创作并非如一般人认为的其在晚唐就衰落了。例如，姚铉对陈黯、程晏等晚唐古文作家的关注。

陈黯，"字希儒，颍川（今河南许昌市）人。举进士，计偕十八上而不第，隐居同安"②。《全唐文》收其十篇文章，《唐文粹》收其五篇，全为"古文"类。从所收作品来看，皆讽时刺世之作。

程晏，"字晏然，干宁中进士"③。《全唐文》收其文七篇，其中六篇亦收入《唐文粹》"古文"类，仅《萧何求继论》一篇未收入《唐文粹》，其文章或借史论世，或借物讽世，是愤世嫉俗的激愤之作。

另外，包括陈黯在内的九位作家仅以"古文"类作品入选《唐文粹》，即尚衡、李甘、杨夔、王涯、卢潘、韦筹、朱阅、罗衮等人。除尚衡生活在盛唐外，其余均为晚唐人。其中尚衡、王涯、韦筹、朱阅、罗衮均仅收一篇作品。

尚衡，据《全唐文》载："衡至德中历官散骑常侍，检校礼部尚书，兼御史大夫。"④《全唐文》亦收其文一篇，与《唐文粹》同。

李甘，《全唐文》载："甘字和鼎，长庆末进士，又登制科，太和中累官侍御史，贬封州司马。"⑤

杨夔，《全唐文》载："夔有隽才，为宣州田頵上客，知頵不足抗吴，

---

① 见《南腔北调集》，《鲁迅全集》（第四卷），鲁迅著，人民文学出版社，1981年第1版，页575。
② 见《全唐文》卷七六七，［清］董诰等编，中华书局，1983年11月第1版，页7983。
③ 见《全唐文》卷八二一，同上，页8648。
④ 见《全唐文》卷三九四，同上，页4014。
⑤ 见《全唐文》卷七三三，同上，页7570。

著《溺赋》以戒之。颢不用，竟至于败。"①

王涯，《旧唐书》《新唐书》均有传。"涯字广津，太原人，贞元八年进士，又举宏词，累擢翰林学士，进起居舍人。元和中转工部侍郎，封清源县男，拜中书侍郎同中书门下平章事，罢相，守兵部侍郎。文宗朝为左仆射，以本官复同平章事，封代国公，拜司空，加开府仪同三司。李训谋诛宦官，事败仇士良鞠涯，笞令手书自诬同谋诛。昭宗天复初大赦，明其冤，追复爵位。"②

卢潘，"文宗朝官户部员外郎，大中时出为新安太守，徙庐州刺史"③。《全唐文》仅收其五篇文章，包括《唐文粹》所收四篇和《万敬儒教行状碑》一文。

韦筹，"宣宗时官博士"④。《全唐文》收其文章两篇，包括《唐文粹》所收的《文之章解》和《原仁论》。

朱阅，"丹阳人，官殿中侍御史"⑤。《全唐文》亦仅收《归解书彭公碑阴》一文。

罗衮，"成都临邛人，举文学优赡科。大顺中进士。后仕梁，终礼部员外郎"⑥。

从姚铉《唐文粹》"古文"类作品所涉及的作家，我们可以看到唐代古文运动发展变化的一条主线：从以元结到韩愈、柳宗元为中心的古文运动作家群，再到皮日休、陆龟蒙、罗隐等一批晚唐古文作家。相对于陈子昂，元结和古文运动的关系更为紧密，对古文运动的影响更直接。他对古文的开创之功上文已经论及，他的创作实践昭示着古文运动即将到来。而晚唐的皮日休、陆龟蒙、罗隐等作家在文学主张上对韩、柳的主动继承、在古文创作上的积极创新显示了韩、柳倡导的古文运动在晚唐的发展变化。这样说来，姚铉对唐代古文

---

① 见《全唐文》卷八六六，同上，页9071。《唐才子传校笺》"唐求"条有关于杨夔的详细考证（见《唐才子传校笺》第四册，傅璇琮主编，中华书局，1990年9月第1版，页463-466），可参看。

② 见《全唐文》卷四四八，[清]董诰等编，中华书局，1983年11月第1版，页4577。

③ 见《全唐文》卷七九三，同上，页8303。

④ 见《全唐文》卷七八八，同上，页8240。

⑤ 见《全唐文》卷九百一，同上，页9397。

⑥ 见《全唐文》卷八二八，同上，页8723。

运动的产生和发展变化的把握是相当准确的,尤其是他对晚唐作家们的关注,对我们今天重新认识唐代古文运动有重要的参考价值。

《唐文粹》"古文"类所收的作品,主要是唐代文章创作中新出现的一些文体,是从形式到内容都有所创新的作品。在这个意义上,元结显然比陈子昂、萧颖士、李华等古文前驱者的价值更大。在《唐文粹》"古文"类的十七个子类中,元结在其中五个子类中均有作品入选,并且他入选"古文"类的作品数仅次于皮日休和韩愈,多于柳宗元,这说明姚铉是相当重视元结的。

韩愈、柳宗元自然是姚铉关注的焦点。其中,韩愈入选"古文"类的十六篇作品涉及七个子类,"原""读""辩""解""说"五类文体还是其首创,其价值不言而喻。柳宗元入选《唐文粹》"古文"类的作品较少,仅是韩愈的一半,并且只有四个子类收入其作品,但柳宗元入选《唐文粹》的文章有五十八篇,仅比韩愈少四篇。看来姚铉也认识到柳宗元在古文运动中的地位,至于其入选《唐文粹》"古文"类作品较少,大概是姚铉认为在文体创新方面,柳宗元没有韩愈的贡献突出。

最需要引起我们注意的,是姚铉对晚唐古文作家的关注。从整体上看,在《唐文粹》"古文"类三十五位作家中,有二十五位是晚唐作家,占近四分之三;在《唐文粹》"古文"类一百九十二篇入选作品中,晚唐作家的作品有一百三十七篇,也占近四分之三。在这些作家中,既有白居易、杜牧、李商隐这样的诗文大家,也有皮日休、陆龟蒙、罗隐这样著名的小品文作家,更包括一大批较少受到关注的作家。

其中,皮日休入选《唐文粹》"古文"类的作品数最多,但仅在三个子类中收入,《鹿门隐书》六十篇占其入选篇数的绝大部分。姚铉将《鹿门隐书》全部收入"古文"类,一是因为这些作品以儒家思想为出发点,体现了复兴儒道的思想倾向;二是因为这种随感录形式的作品在晚唐颇为流行(如刘蜕《山书》十六篇也是这种形式的作品),是一种新的文章形式。陆龟蒙、罗隐的小品文创作,在晚唐文坛的成就也是相当突出的。他们三人的作品入选《唐文粹》"古文"类的有八十二篇,占晚唐作家"古文"类作品的近三分之二,可见他们在姚铉心目中的分量。

另外,陈黯、袁皓、来鹄、程晏、沈颜、王涯、卢潘、韦籌、朱阮、罗衮、张彧、王蔼、李甘、盛均、杨夔等一批作家的入选,表明晚唐的古文创作仍具有一定的基础(他们入选的作品不多,大多数仅一两篇入选,主要原因可能是他们的作品大多已散佚）。

当然，姚铉并非认为中唐古文创作不如晚唐，《唐文粹序》提及的贞元、元和间的作家有十五位，他们入选《唐文粹》的情况见下表（表3–2）。

表3–2 贞元、元和间入选《唐文粹》作家情况

作　者	入选《唐文粹》总篇数	入选《唐文粹》"古文"类篇数	作　者	入选《唐文粹》总篇数	入选《唐文粹》"古文"类篇数
梁　肃	19	0	李　翰	10	0
权德舆	37	0	刘禹锡	15	0
元　结	24	15	吕　温	11	0
韩　愈	62	16	贾　至	8	0
柳宗元	58	8	独孤及	21	0
李　翱	17	7	白居易	24	1
李　观	7	0	元　稹	9	0
皇甫湜	14	1			

这十五位作家中，仅六位作家的四十八篇作品入选《唐文粹》"古文"类，占他们入选《唐文粹》作品的四分之一不到。而这十五位作家入选《唐文粹》的作品总数为三百三十六篇，占《唐文粹》入选文章（不包括古赋、古调）总数的近三分之一。可见贞元、元和间作家在姚铉心目中的分量。正如姚铉在《唐文粹序》中所说："世谓贞元、元和之间，辞人咳唾，皆成珠玉，岂诬也哉！"这从另一方面证实了《唐文粹》"古文"类并非收录所有古文作品，而是以收录新出现的文体形式的作品为主。

第四章 《唐文粹》"古文"类选文分类研究

《唐文粹》"古文"类入选作品中，除第四十四卷上（古文乙）、第四十四卷下（古文丙）的七十一篇作品未做进一步分类外，其余一百二十一篇作品分为十七子类。下面对这十七个子类逐一进行分析。

一、五原

韩愈"原"体共有五篇作品，《唐文粹》全部收入。姚铉将韩愈的"五原"作为"古文"类的第一类，并将其《原道》篇作为"古文"入选作品中的首篇作品，这是很有深意的。

"原"是推论事理本原的意思。作为文体的"原"，《文章辨体序说》是这样解释的，"按韵书云：'原者，本也'；一说，推原也，义始《大易》'原始要终'之训。若文体谓之'原'者，先儒谓始于退之之《五原》，盖推其本原之义以示人也。山谷尝曰：'文章必谨布置。每见学者，多告以《原道》命意曲折。'石守道亦云：'吏部《原道》《原人》等作，诸子以来未有也。'后之作者，盖取法于云"[①]。可见"原"作为一种新文体，实始于韩愈。姚铉将韩愈的"五原"作为"古文"类的第一类，原因即在于此。这也印证了他在《唐文粹序》中所说："惟韩吏部超卓群流，独高遂古，以二帝三王为根本，以六经四教为宗师。凭陵轥轹，首倡古文。"

[①] 见《文体明辨序说·原》，[明]徐师曾著，罗根泽校点，人民文学出版社，1962年8月第1版，页44。

博爱之谓仁，行而宜之之谓义，由是而之焉之谓道，足乎己无待于外之谓德。仁与义为定名，道与德为虚位。故道有君子小人，而德有凶有吉。老子之小仁义，非毁之也，其见者小也。坐井而观天，曰天小者，非天小也。彼以煦煦为仁，孑孑为义，其小之也则宜。其所谓道，道其所道，非吾所谓道也。其所谓德，德其所德，非吾所谓德也。凡吾所谓道德云者，合仁与义言之也，天下之公言也。老子之所谓道德云者，去仁与义言之也，一人之私言也。

　　周道衰，孔子没，火于秦，黄老于汉，佛于晋、魏、梁、隋之间。其言道德仁义者，不入于杨，则入于墨；不入于老，则入于佛。入于彼，必出于此。入者主之，出者奴之；入者附之，出者污之。噫！后之人其欲闻仁义道德之说，孰从而听之？老者曰："孔子，吾师之弟子也。"佛者曰："孔子，吾师之弟子也。"为孔子者，习闻其说，乐其诞而自小也，亦曰"吾师亦尝师之"云尔。不惟举之于口，而又笔之于其书。噫！后之人虽欲闻仁义道德之说，其孰从而求之？

　　甚矣，人之好怪也，不求其端，不计其末，惟怪之欲闻。古之为民者四，今之为民者六。古之教者处其一，今之教者处其三。农之家一，而食粟之家六。工之家一，而用器之家六。贾之家一，而资焉之家六。奈之何民不穷且盗也？

　　古之时，人之害多矣。有圣人者立，然后教之以相生养之道。为之君，为之师。驱其虫蛇禽兽，而处之中土。寒然后为之衣，饥然后为之食。木处而颠，土处而病也，然后为之宫室。为之工以赡其器用，为之贾以通其有无，为之医药以济其夭死，为之葬埋祭祀以长其恩爱，为之礼以次其先后，为之乐以宣其壹郁，为之政以率其怠倦，为之刑以锄其强梗。相欺也，为之符、玺、斗斛、权衡以信之。相夺也，为之城郭甲兵以守之。害至而为之备，患生而为之防。今其言曰："圣人不死，大盗不止。剖斗折衡，而民不争。"呜呼！其亦不思而已矣。如古之无圣人，人之类灭久矣。何也？无羽毛鳞介以居寒热也，无爪牙以争食也。

　　是故君者，出令者也；臣者，行君之令而致之民者也；民者，出粟米丝麻，作器皿，通货财，以事其上者也。君不出令，则失其所以为君；臣不能行君之令而致之民；民不出粟米丝麻，作器皿，通货财，以事其上，则诛。今其法曰，必弃而君臣，去而父子，禁而相生养之道，以求其所谓清净寂灭者。呜呼！其幸而出于三代之后，不见黜于禹、汤、文、武、周公、孔子也。其亦不幸而不出于三代之前，不见正于禹、汤、文、武、周公、孔子也。

帝之与王，其号虽殊，其所以为圣一也。夏葛而冬裘，渴饮而饥食，其事殊，其所以为智一也。今其言曰："曷不为太古之无事？"是亦责冬之裘者曰："曷不为葛之之易也？"责饥之食者曰："曷不为饮之之易也？"传曰："古之欲明明德于天下者，先治其国；欲治其国者，先齐其家；欲齐其家者，先修其身；欲修其身者，先正其心；欲正其心者，先诚其意。"然则古之所为正心而诚意者，将以有为也。今也欲治其心而外天下国家，灭其天常，子焉而不父其父，臣焉而不君其君，民焉而不事其事。孔子之作《春秋》也，诸侯用夷礼则夷之，夷而进于中国则中国之。经曰："夷狄之有君，不如诸夏之亡也。"《诗》曰："戎狄是膺，荆舒是惩。"今也举夷狄之法，而加之先王之教之上，几何其不胥而为夷也？

夫所谓先王之教者，何也？博爱之谓仁，行而宜之之谓义。由是而之焉之谓道。足乎己无待于外之谓德。其文：《诗》《书》《易》《春秋》；其法：礼、乐、刑、政；其民：士、农、工、贾；其位：君臣、父子、师友、宾主、昆弟、夫妇；其服：麻、丝；其居：宫、室；其食：粟米、蔬果、鱼肉。其为道易明，而为教易行也。是故以之为己，则顺而祥；以之为人，则爱而公；以之为心，则和而平；以之为天下国家，无所处而不当。是故生则得其情，死则尽其常。郊焉而天神假，庙焉而人鬼飨。曰："斯道也，何道也？"曰："斯吾道也，非向所谓老与佛之道也。"尧以是传之舜，舜以是传之禹，禹以是传之汤，汤以是传之文、武、周公，文、武、周公传之孔子，孔子传之孟轲，孟轲之死，不得其传焉。荀与扬也，择焉而不精，语焉而不详。由周公而上，上而为君，故其事行。由周公而下，下而为臣，故其说长。然则如之何其可也？"曰："不塞不流，不止不行。人其人，火其书，庐其居。明先王之道以道之，鳏寡孤独废疾者有养也。其亦庶乎其可也！"（韩愈《原道》）

在《原道》中，韩愈开宗明义地提出了他对儒道的理解："博爱之谓仁，行而宜之为义，由是而之焉之谓道，足乎己无待于外之谓德。仁与义为定名，道与德为虚位。"以此为据，他批评了道家舍仁义而空谈道德的"道德"观。他回顾了自先秦以来杨墨、佛老等异端思想侵害儒道，使仁义道德之说趋于混乱的历史，对儒道衰坏、佛老横行的现实深表忧虑。文章以上古以来社会历史的发展为证，表彰了圣人及其开创的儒道在历史发展中的巨大功绩，论证了儒家社会伦理学说的历史合理性，并以儒家正心诚意、修身齐家、治国平天下的人生理想为对比，批评了佛老二家置天下国家于不顾的心性修养论的自私和悖理，揭示了它们对社会生产生活和纲常伦理的破坏作用，提出了"人其人，火其书，庐其居，明先王之道以道之，鳏寡孤独废疾者有养也"的具体措施。

《原道》最引人注目之处，在于提出了一个"道统"的授受体系。韩愈在重申了儒家的社会伦理学说后，总结说："斯道也，何道也？曰：斯吾道也，非向所谓老与佛之道也。尧以是传之舜，舜以是传之禹，禹以是传之汤，汤以是传之文、武、周公，文、武、周公传之孔子，孔子传之孟轲。孟轲之死，不得其传焉。"宋儒所乐道的"道统"的形态即由此而来。关于韩愈的"道统"说，《原道》最直接的抨击对象是佛老，韩愈所要诛的"民"，也是士农工贾四民之外的佛老二民，这已是人所共知的事实。《原道》的指责显然是不合适的。韩愈从国计民生的角度指责佛老破坏了社会的生产和生活，这种基于现实功利的批判无疑是有力的。唐代的僧道不纳赋税，不服徭役，所以逃丁避罪者，并集于寺观，"至武宗会昌灭佛时，官度僧尼已达二十六万多人"。

《原道》强调"君君臣臣"的等级秩序，还隐隐地将矛头指向了另一个强大的对手——藩镇。对于这一点，陈寅恪先生在他的文章中已经揭示。他认为，韩愈在文章中屡申"夷夏之大防"，其中实包含着对安史之乱后藩镇割据局面的深忧，因为安、史是"西胡杂种，藩镇又是胡族或胡化的汉人"。此说虽有理，似略显迂。相比之下，倒是蒋凡先生之说更为显明。《原道》中说："臣者，行君之令而致之民者也，……臣不能行君之令而致之民，……则诛。"藩镇割据之地，朝廷政令不行，租赋不入，这样的乱臣贼子，正在可诛之列。只是由于当时藩镇势力正炽，才不得已以曲笔写出诛伐之作《原道》，实有着强烈的干预现实的用心。

《原道》一文作为韩愈文道观的纲领性文献，其重要性自不待言，故徐师曾说："虽非古体，然其溯源于本始，致用于当今，则诚有不可少者。"在《原道》一文中，韩愈开篇即提出"博爱之谓仁，行而宜之之谓义，由是而之焉之谓道"，然后历述佛老之教的荒谬和危害，说明佛、老之教是人民穷困和社会动乱之根源。最后申述治国唯有避佛、老，而崇先王之教化："曰：斯道也，何道也？"曰："斯吾道也，非向所谓老与佛之道也。尧以是传之舜，舜以是传之禹，禹以是传之汤，汤以是传之文、武、周公，文、武、周公传之孔子，孔子传之孟轲。轲之死，不得其传焉。荀与扬也，择焉而不精，语焉而不详。由周公而上，上而为君，故其事行。由周公而下，下而为臣，故其说长。然则如之何而可也？"曰："不塞不流，不止不行。人其人，火其书，庐其居，明先王之道以道之，鳏寡孤独废疾者有养也。其亦庶乎其可也！"此文气势磅礴，行文波澜曲折，句式错综变化，是体现韩愈文道思想和文风特点的代表作之一。

《新唐书·韩愈传》云："每言文章自汉司马相如、太史公、刘向、扬雄后，作者不世出，故愈深探本元，卓然树立，成一家言。其《原道》《原性》《师说》等数十篇，皆奥衍闳深，与孟轲、扬雄相表里而佐佑六经云。至它文造端置辞，要为不袭蹈前人者。"①钱大昕亦在《十驾斋养新录》中说，"原道二字，出《淮南·原道训》，刘氏《文心雕龙》亦有《原道篇》。老氏云：'失道而后德，失德而后仁，失仁而后义。'又云：'大道废，有仁义。'所谓'去仁与义'言之也。孟子曰：'尧、舜之道，孝弟而已矣。仁之实，事亲是也。义之实，从兄是也。道在迩而求诸远，事在易而求诸难；人人亲其亲，长其长，而天下平。'所谓'合仁与义'言之也。退之《原道》一篇，与孟子言仁义同功。'仁与义，为定名；道与德，为虚位。'二语胜于宋儒"②。联系姚铉在《唐文粹序》中所言"则我先圣孔子之道，炳然悬诸日月，故论者以退之之文可继杨、孟，斯得之矣"，则其将《原道》一文作为"古文"首篇入选作品，其深意自明。

性也者，与生俱生也；情也者，接于物而生也。性之品有三，而其所以为性者五；情之品有三，而其所以为情者七。曰：何也？曰：性之品有上、中、下三。上焉者，善焉而已矣；中焉者，可道而上下也；下焉者，恶焉而已矣。其所以为性者五：曰仁、曰礼、曰信、曰义、曰智。上焉者之于五也，主于一而行于四；中焉者之于五，一也，不少有焉，则少反焉，其于四也混；下焉者之于五也，反于一而悖于四。性之于情视其品。情之品有上、中、下三，其所以为情者七：曰喜、曰怒、曰哀、曰惧、曰爱、曰恶、曰欲。上焉者之于七也，动而处其中；中焉者之于七也，有所甚，有所亡，然而求合其中者也；

---

① 见《新唐书》卷一百七十六，[宋]欧阳修、宋祁撰，中华书局，1975年2月第1版，页5265。
② 见《十驾斋养新录》卷第十六《原道》，[清]钱大昕著，陈文和、孙显军校点，江苏古籍出版社，2000年5月第1版，页158。

下焉者之于七也，亡与甚，直情而行者也。情之于性视其品。

孟子之言性曰：人之性善。荀子之言性曰：人之性恶。扬子之言性曰：人之性善恶混。夫始善而进恶，与始恶而进善，与始也混而今也善恶分欤，皆举其中而遗其上下者也，得其一而失其二者也。叔鱼之生也，其母视之，知其必以贿死。杨食我之生也，叔向之母闻其号也，知必灭其宗。越椒之生也，文子以为大戚，知若敖氏之鬼不食也。人之性果善乎？后稷之生也，其母无灾，其始匍匐也，则岐岐然、嶷嶷然。文王之在母也，母不忧；既生也，傅不勤；既学也，师不烦。人之性果恶乎？尧之朱，舜之均，文王之管蔡，习非不善也，而卒为奸。瞽瞍之舜，鲧之禹，习非不恶也，而卒为圣人。人之性善恶果混乎？故曰：三子之言性也，举其中而遗其上下者也，得其一而失其二者也。

曰：然则性之上下者，其终不可移乎？曰：上之性，就学而愈明；下之性，畏威而寡罪。是故上者可教，而下者可制也。其品则孔子谓不移也。

曰：今之言性者异于此，何也？曰：今之言者，杂佛老而言也。杂佛老而言也者，奚言而不异！（韩愈《原性》）

韩愈"五原"类第二篇《原性》紧承《原道》，谈仁义之源——"性"。韩愈在文中指出："性也者，与生俱生也。性之品有三，而其所以为性者五。"又说："性之品有上、中、下三。上焉者，善焉而已矣。中焉者，可道而上下也。下焉者，恶焉而已矣。其所以为性者五，曰仁、曰礼、曰信、曰义、曰智。上焉者之于五也，主于一而行于四；中焉者之于五，一也，不少有焉，则少反焉。其于四也混。下焉者之于五也，反于一而悖于四。"这样，韩愈通过《原道》《原性》二文，就完整地提出了其以"仁义"为中心的道统论，据此以反对佛、老之教。故姚铉亦将此文收入，表明"志其学者必探其道，探其道者必诣其极，然后隐而晦之则金浑玉璞，君子之道也；发而明之则龙飞虎变，大人之文也"。

古之君子，其责己也重以周，其待人也轻以约。重以周，故不怠；轻以约，故人乐为善。

闻古之人有舜者，其为人也，仁义人也。求其所以为舜者，责于己曰："彼，人也；予，人也。彼能是，而我乃不能是！"早夜以思，去其不如舜者，就其如舜者。闻古之人有周公者，其为人也，多材与艺人也。求其所以为周公者，责于己曰："彼，人也；予，人也。彼能是，而我乃不能是！"早夜以思，去其不如周公者，就其如周公者。舜，大圣人也，后世无及焉；周公，大圣人也，后世无及焉。是人也，乃曰："不如舜，不如周公，吾之病也。"是不亦责于己者重以周乎！其于人也，曰："彼人也，能有是，是足为良人矣；能有是，是足为艺人矣。"取其一，不责其二；即其新，不究其旧：恐恐然惟惧其人之不得为善之利。一善易修也，一艺易能也，其于人也，乃曰："能有是，是亦足矣。"曰："能善是，是亦足矣。"不亦待于人者轻以约乎？

今之君子其责人也详，其待己也廉。详，故人难于为善；廉，故自取也少。己未有善，曰："我善是，是亦足矣。"己未有能，曰："我能是，是亦足矣。"外以欺于人，内以欺于心，未少有得而止矣，不亦待于己者已廉乎？

其于人也，曰："彼虽能是，其人不足称也；彼虽善是，其用不足称也。"举其一，不计其十；究其旧，不图其新：恐恐然惟惧其人之有闻也。是不亦责于人者已详乎？

夫是之谓不以众人待其身，而以圣人望于人，吾未见其尊己也。

虽然，为是者，有本有原，怠与忌之谓也。怠者不能修，而忌者畏人修。吾尝试之矣，尝试语于众曰："某良士，某良士。"其应者，必其人之与也；不然，则其所疏远不与同其利者也；不然，则其畏也。不若是，强者必怒于言，懦者必怒于色矣。又尝语于众曰："某非良士，某非良士。"其不应者，必其人之与也，不然，则其所疏远不与同其利者也，不然，则其畏也。不若是，强者必悦于言，懦者必悦于色矣。

是故事修而谤兴，德高而毁来。呜呼！士之处此世，而望名誉之光，道德之行，难矣！

将有仕于上者，得吾说而存之，其国家可几于理也！（韩愈《原毁》）

《原毁》一文则是一篇针砭时弊的杂论文章。此文从"责己""待人"两个方面，以"古"与"今"做对比，指出当时社会风气之浇薄，毁谤之滋多，并剖析其缘由在于"怠"与"忌"。"怠者不能修"，正违反了"当仁不让"的精神；"而忌者畏人修"，则和"君子成人之美""善与人同"的用心背道而驰。在朋党纷争、士人间排挤倾轧十分剧烈的中唐之世，此说颇能切中时弊。作者认为士大夫之间毁谤之风的盛行是道德败坏的一种表现，其根源在于"怠"和"忌"，即怠于自我修养且又妒忌别人；不怠不忌，毁谤便无从产生。文章先从正面开导，说明一个人应该如何正确对待自己和对待别人才符合君子之德、君子之风，然后将不合这个准则的行为拿来对照，最后指出其根源及危害性。通篇采用对比手法，并且全篇行文严肃而恳切，句式整齐中有变化，语言生动而形象，刻画当时士风，可谓入木三分。本文抒发了作者个人的愤懑，但在不平之鸣中道出了一个真理：只有爱护人才、尊重人才，方能使人"乐于为善"。此文从"责己""待人"两个方面进行古今对比，指出当时社会风气浇薄，毁谤滋多，并剖析其原因在于"怠"与"忌"。

形于上者谓之天，形于下者谓之地，命于其两间者谓之人。形于上，日月星辰皆天也；形于下，草木山川皆地也；命于其两间，夷狄禽兽皆人也。曰："然则吾谓禽兽曰人，可乎？"曰："非也。指山而问焉，曰山乎？曰山，可也。山有草木禽兽，皆举之矣。指山之一草而问焉，曰山乎？曰山，则不可。"故天道乱，而日月星辰不得其行；地道乱，而草木山川不得其平；人道乱，而夷狄禽兽不得其性。天者，日月星辰之主也；地者，草木山川之主也；人者，夷狄禽兽之主也。主而暴之，不得其为主之道矣，是故圣人一视而同仁，笃近而举远。（韩愈《原人》）

有啸于梁，从而烛之，无见也。斯鬼乎？曰：非也，鬼无声。有立于堂，从而视之，无见也。斯鬼乎？曰：非也，鬼无形。有触吾躬，从而执之，无得也。斯鬼乎？曰：非也，鬼无声与形，安有气。曰：鬼无声也，无形也，无气也，果无鬼乎？

曰：有形而无声者，物有之矣，土石是也；有声而无形者，物有之矣，风霆是也；有声与形者，物有之矣，人兽是也；无声与形者，物有之矣，鬼神是也。

曰：然则有怪而与民物接者，何也？曰：是有二说：漠然无形与声者，鬼之常也。民有忤于天，有违于民，有爽于物，逆于伦，而感于气，于是乎鬼有成于形，有凭于声以应之，而下殃祸焉，皆民之为之也。其既也，又反乎其常。曰：何谓物？曰：成于形与声者，土石、风霆、人兽是也；反乎无声与形者，鬼神是也；不能无形与声者，物怪是也。

故其作而接于民也无恒，故有动于民而为福，亦有动于民而为祸，亦有动于民而莫之为祸福，适丁民之有是时也。作《原鬼》。（韩愈《原鬼》）

《原人》《原鬼》亦为论辩文字，前者谈天道、地道、人道之运行，后者辩鬼之有无。

从体裁上看，《文苑英华》将韩愈《五原》归在杂文辩论类。马茂元先生整理的《韩昌黎文集校注》一书，则把《五原》归在杂著类。

关于"杂文"，刘勰《文心雕龙·杂文》篇将"对问""七发""连珠"等归在杂文，并说这三种文体是"文章之枝派""暇豫之末造"'详夫汉来杂文，名号多品：或典诰誓问，或览略篇章，或典操弄引，或吟讽谣咏。总括其名，并归杂文之区。"① 不过刘勰所指这些文体，均属有韵之文。而韩愈的这些议论文章，均为散体单行之文字。如果按照刘勰的标准，把这些文章归入杂文，似有些勉强。

关于"杂著"之体，《文章辨体序说》云："杂著者何？辑诸儒先所著之杂文也。文而谓之杂者何？或评议古今，或详论政教，随所著立名，而无一定之体也。文之有体者，既各随体裒集；其所录弗尽者，则总归之杂著也。著虽杂，然必择其理之弗杂者则录焉，盖作文必以理为之主也。"② 吴讷所说"杂著"，有如下特点：一为内容杂。或评议古今，或详论政教；二为文名杂。根据文章内容定篇名，没有一定的规律可循；三为文理不杂。③ 究其实，唐人文章自韩愈开始，"偶有所作，咸能易排偶为单行，易平易为奇古，复能务去陈言，辞必己出。当时之士，以其异于韵语偶文之作也，遂群然目之为古文。以笔为文，至此始矣"。④ 这样说来，从文体意义上看，韩愈《五原》最大的特点应是"以笔为文"。以"单行""奇古"的句式，用自己的语言，坐而论道，发前人所未发，言他人所不敢言，表现在文章形式方面就是"易排偶为单行，易平易为奇古"，表现在语言方面就是"务去陈言，辞必己出"，韩愈的创新之处即在于此。

---

① 见《文心雕龙注》卷三《杂文第十四》，刘勰著，范文澜注，人民文学出版社，1958年9月第1版，页254-255。
② 见《文章辨体序说·杂著》，吴讷著，于北山校点，人民文学出版社，1962年8月第1版，页45-46。
③ 徐师曾《文体明辨序说》所论类似："按杂著者，词人所著之杂文也；以其随事命名，不落体格，故谓之杂著。然称名虽杂，而且本乎义理，发乎性情，则自有致一之道焉。刘勰所去：'并归体要之词，各入讨论之域。'正谓此也。"（见《文体明辨序说·杂著》，徐师曾著，罗根泽校点，人民文学出版社，1962年8月第1版，页137）
④ 见《论文杂记》一一，刘师培著，舒芜校点，人民文学出版社，1959年11月第1版，页120。

二、三原

《唐文粹》"古文"的第二类为"三原",收入皮日休的《原化》《原亲》二文,以及牛僧孺的《原仁》一文。

或曰:"圣人之化,出于三皇,成于五帝,定于孔周。其质也道德仁义,其文也诗书礼乐。此万代王者,未有易是而能治者也。至于东汉,西域之教,流于中国。其民也,举族生敬,尽产施济。子去其父,夫亡其妇。蚩蚩嚚嚚,慕其风蹈其壶者,若百川荡渲不可止者。何哉?所谓圣人化也,不曰化民乎?民今知化者惟西域氏而已矣。有言圣人之化者,则比户以为嗤,岂圣人之化不及于西域氏之化耶?何其庚也如是?"曰:"天未厌乱,不世世生圣人。其道者存乎言,其教者在乎文。有违其言悖其教者,即庚矣。古者杨墨塞路,孟子辞而辟之,廓如也。故有周孔,必有杨墨,要在有孟子而已矣。今西域之教,岳其基,溟其源,乱于杨墨也甚矣。如是为士则孰有孟子哉?千载之后,独有一昌黎先生,露臂瞋视,诟之于千百人内。其言虽行,其道不胜。苟轩裳之士,世世有昌黎先生,则吾以为孟子矣。譬如天下之民,皆桀民也,苟有一尧民处之,一尧民之善,岂能化天下桀民之恶哉?则有心于道者乃尧民矣。呜呼!今之士,率邪以御众,握乱以治天下,其贤尚尔,求不肖者反化之,不曰难哉?"(皮日休《原化》)

能嗣其亲,不曰子乎?吾观夫今之世,诲其子者,必榍肌榜骨,伤爱毁性以为教。呜呼!孟子所谓古者易子而教,诚有旨欤?不能教其子者,是亡其身者也。不能得其亲者,是舍其族者也。古之佞臣,爱人之贵,过乎?其亲必舍而事之,公子开是也。爱人之权,过乎?其子必杀而徇之,易牙是也。自兹已降为夫强臣者,将欲夺人之宗,必先杀己子。王莽杀子宇是也。噫!教尚不可,况其杀欤?或曰:均是亲也,均是害也。则周公诛,管蔡石碏杀,石厚叔向僇,叔鱼,汉文流淮南,可乎?曰:均是亲也,贤则能嗣亲,凶则能覆族。均是害也,周公不诛,则他人诛之。石碏不杀,则他人杀之。叔向不僇,则他人僇之。汉文不流,则他人流之。己刑则及一人,他刑则及其族,此圣贤所以惜其族也。刑者,仁在其中矣。(皮日休《原亲》)

皮日休《原化》《原亲》系其《十原》中的两篇,他在《十原系述》中说:"夫原者何也。原其所自始也。穷大圣之始性,根古人之终义,其在《十原》乎?呜呼!谁能穷理尽性,通幽洞微,为吾补三坟之逸篇,修五典之坠策，重为圣人之一经者哉？否则吾于文，尚有歉然者乎。"但他发明先圣义理，多着眼于现实，很有些新颖大胆的议论。例如，《原化》针对"西域之教"盛行、儒教不兴的现实，指出："古者杨墨塞路，孟子辞而辟之，廓如也。故有周孔，必有杨墨，要在有孟子而已矣。今西域之教，岳其基，溟其源，乱于杨墨也甚矣。如是为士则孰有孟子哉？千载之后，独有一昌黎先生，露臂瞋视，诟之于千百人内，其言虽行，其道不胜，苟轩裳之士，世世有昌黎先生，则吾以为孟子矣。"《原亲》则指出"凶则能覆族"，统治者如不主动把他们之中的凶残者杀掉，则会被他们杀掉，"己刑则及一人，他刑则及其族，此圣贤所以惜其族也"，暗示统治者不严明法制、约束自己，就有覆族灭国的危险。《十原》当是仿韩愈《五原》而作，但与韩愈的《五原》相比，皮日休已不再讲道德仁义，论及的都是现实中的迫切问题，批判性更强，言辞也更激烈。《唐文粹》所收这两篇较有代表性。

救天下者皆曰仁，得天下者皆曰利。则可乎？曰：不可也。不得已而有天下，则曰仁；得已而有者，则曰利也。善畏其利，善决其仁，皆圣也。汤、文王是也。

原意曰：圣人视生民以天下，襁稚在焚溺，无不挈者。然则挈而授其家乎？将遂挈而有之乎？彼家无人而有之，不得已而仁矣。有人而有之，则得已而利矣。夏无人也，汤有以仁。殷有人矣，文王畏其利。前贤明汤意，故无伯夷。后圣明文王意，故曰周之德可谓至德也已矣。（牛僧孺《原仁》）

《原仁》谈"仁""利"与"得天下"的关系。牛僧孺《原仁》一文仅《唐文粹》收录，不见于《文苑英华》，《全唐文》也没有收入。他也仅有此一篇"原"体文。

姚铉将以上三篇文章与"五原"类分开，单列"三原"一类，当是为辨明"原"这一文体的源与流，既强调韩愈对这一文体的创新，强调"文以明道"的重要作用，也表明"原"体类文章"穷理尽性，通幽洞微"的特点。

三、规

《唐文粹》"古文"第三类为"规"，收入元结"规"体的《出规》《处规》《戏规》《心规》《时规》全部五篇文章，这些文章讽刺了当时统治集团的黑暗腐败和社会风气的敝坏。例如，《处规》的矛头针对那些"盗权窃位，蒙污万物"以取富贵者流；《心规》则说自己在山林中以能"自主中鼻耳目"为乐,揭露了当权者钳制思想言论的严酷,批评了社会上虚伪矫饰的习俗。《时规》借一醉中叟之诞言,表达了"使人民免饥寒劳苦"的呼声。这些文章均短小精悍,借身边小事以针砭时弊,充满愤世嫉邪之意。

州舒吾问元子曰:吾闻子多矣,意将何为?对曰:云山幸不求吾是,林泉又不责吾非,熙然能自全,顺时而老,可矣。复安为哉?舒吾曰:元子其过误乎?其太矫也。吾厌世人饰言以由道,藏智以全璞,退身以显行,设机以树名。吾子由之,使我何信?元子勉而谢之。滕许大夫友元子,闻不应舒吾之说,乃曰:嗟嗟元子!少辞者邪?何不曰使吾得所处,但如山林,不见吾是非,吾将娱而往也?以子为饰言藏智,退身设机,何不曰如此岂不多於盗权窃位,蒙污万物富贵始及而刑祸促之者乎?元子谢不及。季川问曰:觊终不复二论,觊有意乎?於戏季川!吾有言则自是,言达则人非,吾安能使吾身之有是,而令他人之有非,至於闻闻也哉?(元结《处规》)

元子病游世,归于商馀之中,以酒自肆,有醉歌。夫公闻之,酌巇子之酒请歌之。歌曰:元子乐矣。俾和者曰:何乐亦然,何乐亦然?我曰:我云我山,我林我泉。又曰:元子乐矣。俾和者曰:何乐然尔?何乐然尔?我曰:我鼻我目,我口我耳。歌已矣,夫公曰:自乐山林可也,自乐耳目何哉?人谁无此?元子引酒当夫:劝君此杯酒,缓饮之,听我说。子行於世间,目不随人视,耳不随人听,口不随人语,鼻不随人气。其甚也,则须封苞裹塞。不尔,有灭身亡家之祸、伤汗毁辱之患生焉。虽王公大人,亦不能自主口鼻耳目。夫公何思之不熟耶?(元结《心规》)

乾元己亥,漫叟待诏在长安。时中行公掌制在中书,中书有醇酒,时得一醉。醉中叟诞曰:愿穷天下鸟兽虫鱼,以充杀者之心;愿穷天下醇酎美色,以充欲者之心。中行公闻之叹曰:子何思不尽耶?不曰愿得如九州之地者亿万,分封君臣父子兄弟之争国者,使人民免贼虐残酷者乎?何不曰愿得布帛钱货珍宝之物,溢於王者府藏,满将相权势之家,使人民免饥寒劳苦者乎?叟闻公言,退而书之,授於学者,用为时规。(元结《时规》)

"规"作为一种文体,据徐师曾《文体明辨序说》云,"按字书云:'规者,为圆之器也。'《书》曰:'官师相规。'言规其缺失,使不敢越,若木之就规也。今人以箴规并称,而文章顾分为二体者何也?孔颖达曰:'《书》言官师者,谓众官也;相者,平等之辞;平等有阙,己尚相规,见上有过,谏之必矣。'据此,则箴者,箴上之阙;而规者,臣下之互相规谏者也。其用以自箴者,乃箴之滥觞耳。然规之为名,虽见之于《书》,而规之为文,则汉以前绝无作者。至唐元结始作《五规》,岂其缘《书》之名而创为此体欤?"①

可见"规"作为一种文体,创于元结。从文体形式看,这种文体也是一种散体单行、夹叙夹议的议论文体。根据内容划分,这种文体可分为用于自规和用于时规,如《戏规》一文结尾说"吾当以戏为规"。可见是用于规诫自己。而《时规》则说"叟闻公言,退而书之,授于学者,用为时规",以警诫时人,是为时规。

四、恶

《唐文粹》"古文"类的第四类为"恶",收入元结的两篇文章:《恶圆》和《恶曲》。此处的"恶",当有厌恶、憎恨的意思。此类是直接以题目作为文章类别的名称。

元子家有乳母,为圆转之器,以悦婴儿,婴儿喜之。母使为之聚孩孺,助婴儿之乐。友人公植者,闻有戏儿之器,请见之。及见之,趋焚之,责元子曰:吾闻古之恶圆之士歌曰:宁方为皁,不圆为卿;宁方为污辱不圆为显荣。其甚者,则终身不仰视,曰吾恶天圆。或有喻之,以天大无穷,人不能极远视四垂,因谓之圆,天不圆也。对曰:天纵不圆,为人称之,我亦恶焉。次山奈何任造圆转之器,恣令悦媚婴儿?小喜之,长必好之。教儿学圆,且陷不义,躬自戏圆,又失方正。嗟嗟次山,入门爱婴儿之乐圆,出门当爱小人之趋圆,吾安知次山异日不言圆、行圆、动圆、静圆,以终身乎?吾岂次山之友也?

元子召季川谓曰:吾自婴儿戏圆,公植尚辱我言绝。忽乎吾与汝圆以应物,圆以趋时,非圆不预,非圆不为,公植其操矛戟刑我乎?(元结《恶圆》)

元子时与邻里会,曲全当时之欢,以顺长老之意。归泉上,叔盈问曰:向夫子曲全其欢,道然也,苟为尔乎?元子曰:叔盈视吾曲其心以徇财利,曲其行以希名位,当过吾。吾苟全一欢於邻里,无恶然可也。

东邑有全道之士,闻元子对叔盈,恐曰:吾闻元次山约其门人曰无恶我

---

① 见《文体明辨序说·规》,徐师曾著,罗根泽校点,人民文学出版社,1962年3月第1版,页141。

之小曲，真昏鄙恶辞也。吾辈全直三十年，未常曲气以转声，曲辞以达意，曲步以便往，曲视以回目，犹患於古人。古人有恶曲者，不曲臂以取物，不曲膝以便坐，见天下有曲於君、曲於民、曲於鬼神者，往劾而死之。今元次山苟曲言貌，强全一欢，以为不丧其直，恩哉！若能苟曲于邻里，强全一欢，岂不能苟曲於乡县，以全言行？能苟曲於乡县，岂不能苟曲於邦国，以彰名誉？能苟曲於邦国，岂不能苟曲於天下，以扬德义？若言行、名誉、德义偕显，岂有钟鼎不入门、权位不在已乎？呜呼！曲为之，小为大之渐，曲为之也，有何不可？奸邪凶恶其国暗乎？元子闻之颂曰：吾以颜貌曲全一欢，全直君子之恶我如此。由有过於此者，何以自免？（元结《恶曲》）

《恶圆》《恶曲》是两篇比拟生动、寓意深刻的寓言体作品。《恶圆》从用圆转之器以悦婴儿这件生活小事，引申出对"圆以应物，圆以趋时，非圆不预，非圆不为"的乡风乡愿的批评。《恶曲》则对那种"曲全"之人提出了批评："若能敬曲于乡里，强全一欢，岂不能苟曲于乡县，以全言行？能苟曲于乡县，岂不能苟曲于邦国，以彰名兴誉？能苟曲于邦国，岂不能苟曲于天下，以扬德义。若言行、名誉、德义皆显，岂有钟鼎不入门、权位不在已乎？呜呼！曲为之，小为大之渐；曲为之也，有何不可？奸邪凶恶其国暗乎！"这不只抨击了社会上那种佞媚邪曲的风气，而且指出了统治者正是借用这种手段来盗取权位、行其奸恶的。

元结的这类寓言体作品已摆脱了先秦诸子寓言为说理的辅助手段，独立成篇，寓意深刻。其对柳宗元寓言体作品的创作当有直接影响。

五、言语对答

《唐文粹》"古文"的第五类为"言语对答"，共收入十三位作者的十六篇作品，在"古文"的十七个类别中仅次于"说"体（二十四篇）。其中，陈黯、陆龟蒙、程晏各入选两篇，其余作者均入选一篇。

在这些作品中，《拜禹言》《拜岳言》篇幅短小，看似拜祭之辞，然行文杂以议论，实为短篇杂论。例如，李翱《拜禹言》表达了一种天地无穷而人生常勤的喟叹。

贞元十五年六月二十九日，陇西李翱敬再拜于禹之堂下，自宾阶升，北面立，弗敢叹，弗敢祈，退降复敬，再拜哭而归。且歌曰："惟天地之无穷兮，哀生人之长勤。往者吾弗及，来者吾弗闻。已而已而。"（李翱《拜禹言》）

黯自关东随计来阙下，经华岳祠，有巫导以祈谒。乃彻盖整衣，馨炉沥觞，俯拜而前，缄默而退。巫曰："客是行也，务名邪官邪？胡为乎有祈礼而无祈祠？神之耽响而答，盍舒乃诚。"曰："余其来拜，以岳长群山，犹人之有圣贤，草木之有松兰，百川之有河海，鳞羽之有虬鸾。屹屹崇崇，干霄柱空，载国祀典，宜人攸宗。拜之思尽乎余之敬，词之默惧乎神之聪。且神视果高而听果深，必福其善而祸其淫。馀行合乎，神也必照而临；如欺乎，神也祈之乎何心。巫兮余言无妄兮，为妄言者之箴。"（陈黯《拜岳言》）

武王既伐殷，悬纣首。有泣于白旗之下者，有司责之。其人曰："吾冶家孙也。数十年间，载易其镕范矣。今又将易之，不知其所业，故泣。吾祖始铸田器，岁东作必大售。殷赋重，秉耒耕者一辍不敢起，吾父易之为工器。属宫室台榭侈，其售倍。民凋力穷，土木中辍，吾易之为兵器。会诸侯伐殷，师旅战阵，其售又倍前也。今周用钺斩独夫，四海将奉文理，吾之业必坏，吾亡无日矣。"武王闻之惧，于是包干戈，亲农事。冶家子复祖之旧。（陆龟蒙《冶家子言》）

寒泉子见秦惠王曰："客有自赵来，以约从连横事说大王者为谁？"惠王曰："东周人苏秦也。"寒泉子曰："书十上王弗听，有之乎？"曰"然！""其道如何？王耶霸耶？曰黜其霸以陟王乎？曰然，则何上书之烦而用之疏乎？"惠王曰："醯鸡不能混雷霆，婴儿不能抗乌获者，响与力悬绝故也。苏子诚辨矣，安能以三寸舌谋山东诸侯，使西面朝秦者乎？寡人非不知不破一领甲不折一支矢之为利也，顾其犹捕风耳。诸侯不可一，非一朝也。齐桓晋文之伯也，始若胶附，终若冰拆。岂连鸡不能俱上于栖而已哉？寡人塞耳，义弗闻。"寒泉子曰："不然。夫齐荆三晋之人，病于兵久矣。方城之金，十九为兵，一为镈铫。董泽之蒲，十九为干，一为箕箺。父子兄弟之血，前后溅野草，齐魂为燕氛，赵骨化魏土。凄痛之声，入金石，出弦匏，闻之者悄戚酸屑，泣不自禁。一旦有人谓曰，朝与秦连横，暮得帖帖安卧。秦亦厌战，虽鼓牙颊未能吞诸侯，秦休而强，吾亦勇而奋矣。设有辨口，安能反复乎？大王不用秦，诏一武士尺铁断其颈，无令车轮辗关下土，使东诸侯闻其言，从散衡东向以背秦，王出则夺气，入则包羞。及其殆也，披土地以奉仇国，独不念秦仲之业艰难乎？春秋祀事，何面目见宗庙？"惠王卒弗用，寒泉子耕于鄙。赵即封苏季子为武安君，六国果奉教，秦闭关十五年。（陆龟蒙《寒泉子对秦惠王》）

陆龟蒙的《冶家子言》借历史来表达希望统治者重视农业生产的主张。其《寒泉子对秦惠王》一文，亦借史论事。

齐祖受宋禅，大宴卿士。顾谓丞相曰："子不肖，幸有天下。非百执事羽翼小子，共拯宋人之溺也。然子不敢易时而侮器，使不十逾载，致黄金与土同价。"朝臣称贺，内外喧欢。快喜相声，日走天下。齐封父闻而庆曰："宋人生矣。"而告乡处士，处士闻而泣曰："舍虎逢狼，改时而亡。吾为宋人幸未死，果涂炭於齐矣。新主之言，岂成圣人之道耶？君王知黄金贵於土，不知百姓视土贵於黄金。吾闻古者土地之封，在於民阜而国殷。土有林木，民时而取。土有咸卤，民时而煮。土有禾黍，民时盈庾。金玉在山，桑麻在原。圣人不禁，无私无官。死者有土，生者有田。圣人乐而百姓同，百姓忧而圣人然（句绝）。秦传乱国之疾，百姓之苦莫瘳。汉壤既广，百姓饶矣。土地之利，百姓莫时而窥之。金玉在山，咸卤在田。取块土者，犯禁而死。生无土而可以田，殁无土而及乎泉。生则税蠹而郡蚕，邑克而吏噬。吾视宋人之萍久矣，未见宋人有寸土者。君王苟欲致民於生地，不若薄民之赋，贻民之利。知百姓贵土於黄金，则其民受福於齐矣。"封父敬而谢曰："吾将闻执政可乎？"处士曰"否。是欲急挈吾於祸矣。惟父勿施，吾将往。"（袁皓《齐处士言》）

物之所以有韬晦者，防乎盗也。故人亦然。夫盗亦人也，冠屦焉，衣服焉。其所以异者，退让之心、贞廉之节，不常其性耳。视玉帛而取者，则曰牵于寒饿；视家国而取者，则曰救彼涂炭。牵于寒饿者，无得而言矣。救彼涂炭者，则宜以百姓心为心。而西刘则曰："居宜如是"，楚籍则曰"可取而代"。意彼必无退让之心、贞廉之节，盖以视其靡曼骄崇，然后生其谋耳。为英雄者犹若是，况常人乎？是以峻宇逸游，不为人所窥者，鲜也。（罗隐《英雄之言》）

袁皓的《齐处士言》、罗隐的《英雄之言》亦是有感而发的短篇杂论。

晋侯方图秦，既而有疾，秦伯使医和视之，将行，戒之曰：邻国相病，大夫何以为行？对曰：臣不发药石，请以词瘳晋侯而国无害。秦伯悦，以卿礼遣之。和至于晋，晋君幄铜鞮之宫，凭丰肥，倚柔容，更衣被珠玉者百许人，膳夫列鼎于庭而后延客。客辞曰：始受命于寡君，以除君疾为役。今大国反以色与食病臣，非臣所及也。中军师对曰：此寡君待先生之礼也，不意为过，敬惟所择。客曰：臣辔而驰千里，形甚劳而气不足，所欲者，酒一盛，果一器，脭鳙佐饭而已，其余不敢烦大国。再拜受赐而诊之，曰：君声流而阳，气浊而浮，色寒而容壮，与楚王相若，亦可为也，亦不可为也。晋侯曰：楚子何如而方寡人？客曰：臣尝聘楚，楚境大而富，山川林薮之盛，逾淮而竟南海，晋与齐秦不敌也。晋侯曰：寡人未尝涉楚，且置楚王，愿闻其国之说。客曰：君不念，臣亦未究楚封疆之事，直以所见言之。楚也，近郊去郢，尚三百里。引车登冈，平视诸宫；丹素烛天，仰不见空。如水漂浮，半在其中；沧波动摇，低昂随风。蔼蔼南极，山松不尽；乍伏乍起，参差高卑。流云重轻，或灭或明；道路绵绵，萦山绕川。车盖如轩，稍觉登原；赤霄冒顶，举手摩天。向之高者，乃在车下；阴壑冥冥，投石无声。状其乳苑之内，则连山黯以当户，容杳杳而業業，若坚刃与慢涂，呀将拆而复合。露封隙之嵌空，声小往而大答。耸崖岘以日燠，穿偃仆而云罾。滨江皋衍，百里芳草，往往白沙，日炙晶滉；绿野芊绵，走举苍连；箘籚棪梓，橘柚之林；密孕元气，寒暑若一；翳不流风，幽不漏日；猿狙飞走，经息百态；啾啾互号，终昕竟晦；坠英纷目，如雪蔽路；四望无人，移足没履；黄鸟时鸣，白鹇飞度；临险瞯江，江隈为潭；废废不动，常有神怪，龟鱼涵泳，露鳞出介；纤草以飘，风飚波起，崩涛迸沫，势不得止。精怖魂怕，毛骨洗然；攀木瞚眸，犹惧踣泉；颓麓疏冗，繁源鼻歙；支流潆潆，合注汤汤；昼夜有声，当暑清凉；透崖扑湍，跃而后逝；初疑可及，忽似无际；旋眩回滑，溯泊兑宕；辊石敌磨，火发川上；才夷又亚，倾沙委浪；白烟微苍，通波满望；淡淡艳艳，久而生垠，渐渐飞雨，冥冥起云；沅湘春生，苍梧日晚，声与听尽，色随望远；苹苻荷华，组绣一川。愕羽族之多名，纷合散于水间；泛随流而将下，时逆浪而复还。喧呼雷骇，沉起云翻；两不相伤，貌豫体闲；缘涯迭观，照江成霞；碧水涟漪，深浅见沙；旁经闬闳，溢浸栏槛；上有嫔嬬，绵音入云。侵杳眇而将绝，随隙风而复闻。齐宋郑卫之乐，张于宫中；撞金击石，草木竞发；坚城雉堞，崇山峰坠；鸟兽狂悸，淮湖皆沸。首饰戴千金，一膳倾千家。耻不相及，人以粒计；仓禄之众，兰于平人；秣马之费，倍于租入。其余绮丽之富，奉养之侈，率与是侔。楚王甚泰而楚人甚病，申叔请老而不与政。言未毕，晋侯舒气而伸干，曰：向先生言亦可为也，何哉？客曰：此未足累楚，故曰可为也。若张而无厌，则不可为也。晋侯色生力起，斥御者撤膳羞而请曰：先生终说寡人病，幸闻矣。客乘时而动之曰：楚使令尹司马理兵于北疆，以临敝邑。敝邑大夫，少者则请开关以战，老者则曰君务息人。楚恃其富强，因侈生欲，未足畏也。寡君乃发府，将赐而四境，寡小君以四时之用为请，寡君曰：是出于人而归于人，无人则无是矣，夫何爱焉！申命上大夫布币于人而谢之，曰：孤不德，使尔父兄子弟，不自保于楚师，故罄以相劳。秦人感君皆泣，妇人处子亦请执报楚，楚朝闻而夕卷师。君臣震伏而受职于秦，此先王不战之术也。晋侯恍然以楚事而照于晋，遂辍谋秦。由是大国修好，小国来朝，戎狄皆附。客果以词痊晋，故曰言医。（李华《言医》）

李华的《言医》一文，叙及医和用言辞说服晋侯，打消了他图秦的企图。

齐威王谓阿大夫曰："汝孰愿吾左右哉？"曰："近吾君者也。"王曰："吾以阿民寄汝，是则割吾忱于心者，而谓给吾使于宫者为近耶？夫宫中之近，不过为吾折支矣。吾体有所贵，是亦有所贱，岂以反贵于心乎？故入宫之职非近也，入心之职为近也。顺顾走指出入无方者，艺之至也；授印于外不必在宫者，信之至也。汝在吾所以信，而比吾所以艺，不愧冕衣裳哉？今则戮汝，使卿大夫识远近之正。"于是群臣快贺，而国大治。君子曰："正室之明，莫盛乎午者，左右阴不至也。如齐威，安有不明乎？"（牛僧孺《齐诛阿大夫语》）

牛僧孺的《齐诛阿大夫语》一文借齐威王诛近臣阿大夫一事，告诫统治者应当"君其君，臣其臣"，做到君臣有别。

帝见王嫱美，召寿责之曰："君欺我之甚也。"

延寿曰："臣以为宫中美者，可以乱人之国。臣欲宫中之美者，迁于胡庭。是臣使乱国之物，不遒于汉而移于胡也。昔阕夭献美女于纣而免西伯，齐遗女乐于鲁而孔子行，秦遗女乐于戎而间由余。是岂曰选其恶者遗之，美者留之邪？陛下以为美者，是能乱陛下之德也。臣欲去之，将静我而乱彼。陛下不以为美者，是不能乱我之德，安能乱彼谋哉？臣闻太上无乱，其次去乱，其次迁乱。今国家不能无乱，陛下不能去乱，臣为陛下迁乱耳。恶可以为美为彼得乎？"帝不能省。

君子曰："良画工也，孰诬其货哉？"（程晏《设毛延寿自解语》）

程晏的《设毛延寿自解语》述毛延寿欺骗皇帝，说把王昭君嫁到匈奴，是为国"迁乱"。虽然这还是传统的女祸观，但也有反对女宠的讽意。文章构思独特，表面上是游戏笔墨，实则包含沉痛的内容。鲁迅先生就非常犀利地批判过某朝亡国了总是牵出个大美人，说皇帝就是因美人而失国的这样可笑的论断。历史上一些君王因美人而亡国，那是昏君的贪色误国，其过在于君王，而非美人。这在一定程度上反映了作者男尊女卑的思想观念。此文采用设自解语的虚构方式，也正是对当时帝王昏聩、社会腐败的黑暗现实的讽刺。

或问曰："尧舜传诸贤，禹传诸子，信乎？"曰："然。""然则禹之贤，不及於尧与舜也欤？"曰："不然，尧舜之传贤也，欲天下之得其所也；禹之传子也，忧後世争之之乱也。尧舜之利民也大，禹之虑民也深。"

曰："然则尧舜何以不忧後世？"曰："舜如尧，尧传之；禹如舜，舜传之。得其人而传之，尧舜也。无其人而不传，虑其患而不传者，禹也。舜不能以传禹，尧为不知人；禹不能以传子，舜为不知人。尧以传舜，为忧後世；禹以传子，为虑後世。"

曰："禹之虑民也则深矣，传之子而当不淑，则奈何？"曰："时益以难理，传之人则争，未前定也；传之子则不争，前定也。前定虽不当贤，犹可以守法；不前定而不遇贤，则争且乱。天之生大圣也不数，其生大恶也亦不数。传诸人，得大圣，然後人莫敢争；传诸子，得大恶，然後人受其乱。禹之後四百年然後得桀，桀亦四百年，然後得汤与伊尹。汤与伊尹，不得而传也。与其传不得圣人而争且乱，孰若传之子，虽不得贤，犹可守法。"

曰："孟子之所谓'天与贤则与贤，天与子则与子'者，何也？"曰："孟子之心，以为圣人不苟私於其子以害天下。求其说而不得，从而为之辞。"（韩愈《对禹问》）

韩愈的《对禹问》一文针对"尧舜传诸贤"，而"禹传子"的不同，为"禹传子、家天下"的宗法制度辩护，其立足点仍在"孟子所谓'天与贤则与贤，天与子则与子'"的儒家学说。

北诸侯来朝，过温，温令送于温。指问水名，令曰："济也。"侯曰："岂济渎邪？"令复曰："然。"侯曰："河吾望也，其横千里，浑猛，如涨，无风或毁船杀人，得清淇洹漳之水不加深，别为九河不加狭，彼所以为渎也。今尽济水之力，载数石之舟，广不能横，深不能浮，而日与河同灵等秩，吾不识先生班祀之意也。"令曰："济南去数十里过河矣，寡介如此，驰狂浊中，未尝波渝气夺，别河而潜积沙，连块千里，不压不翳，益壮其流。帅汶而东，终能发山输海，此其所以为渎也。今河负其强大，自积石不捷趋海。往来戎狄间，胁泾、渭、沣、漆、汾、洛、伊、沁之水，以滋其暴决，愁民生，中土患，势逆曲多，穷始归海。此皆济水所羞也。执事岂以大为贤乎！"侯默然。（李甘《济为渎问》）

李甘的《济为渎问》借对济水暴涨的不同态度，抨击了统治者驭民以强权的统治思想。

以上这几篇文章，均为借古论今的杂论体文章。其中李华《言医》一文很有特点。此文借用言语对答的形式，运用赋的手法，描述楚国的疆域之广、物产之丰、人文之盛，使文章波澜壮阔、丰富生动。

齐境多寇，司寇不理。景公召司寇让之，反诤公曰："请理君朝廷之寇也。"公曰："君废其职，反责我，欲乱其责也？"曰"不然。君不闻鼹鼠之牙乎？食人与百类，虽嚼尽而不痛，俗谓之甘口鼠也。鲁国之牛，闻食其角矣，请以是讽焉。牛之寝，有蚊蚋挠其肤毛，必知鼓耳摇尾以挥之。及鼹鼠食之，即不知痛也。鼠之一牙，岂不甚於蚊蚋千嘬乎？以其口甘，虽贯心彻骨而不知也，况其角乎？公诚职臣以司寇，请司朝廷之寇，然後司封疆之寇也。朝廷之寇，其鼹鼠乎？食君之角矣，又将贯骨与心也，是患大而君不知也。封疆之寇蚊蚋乎？但挠君之肤毛耳，君将鼓耳摇尾以挥之，是患小而不知大也。臣所以急其大而不知，慢其小而得知也。"景公不喻，竟坐司寇以不事。晏子曰："司寇死，田氏为鼹鼠於齐矣。"（程晏《齐司寇对》）

程晏的《齐司寇对》一文借齐司寇之口指出"朝廷之寇"与"封疆之寇"危害的不同，指出统治阶级最大的威胁还是其内部之寇，其观点新颖独特，议论发人深省。

客有抽时贤待己之礼，举叶君爱龙意於座曰："叶公好假而惮其真，诚然乎？"均曰："即飞出丹青者殊未真，翔来庭宇者愈假矣。何则？夫灵济於物，无求於物，无求於人，实龙徒也。今闻叶公鳞画其象，则摹形趋之，是欲滋乎蛰育宛蛇鱼类耳，真鸟在哉！"曰："然则扰於夏，斗於郑者非邪？"曰："妖而怪，所以幽王昝身，子产不礼焉。率假物矣。彼其真龙者，道能神化，其流多派。或蟠於天，或巢於田，或翼於人，或为马，或为剑。有侔於此，靡徒不居。其在天也。枢纽阴阳，不蹉厥常；其在田也，赡腴疆土，庶汇蕃庑；其在人也，珠媚心澜，吁成智门；其为也。匝体柔油，遍崇九州；其为剑也，鬼泪淫淫，秋江万寻。至如挟云则十雨时濡，衔照则三光递舒。是群龙也，绵古今而不僵，渥生人以无倦。圣贤在上，将利益於物；天下无道，必亢悔於时。岂独矫矫栏端，露威於叶公而夸爪喙哉！是谓妖怪假物也。"客皱眉而俯，不复抽言。（盛均《真龙对》）

盛均的《真龙对》一文则借"叶公好龙"的典故讽刺那些自夸贤德之

人，实则是"妖怪也"。

柳子名愚溪而居。五日，溪之神夜见梦曰："子何辱予，使予为愚耶？有其实者，名固从之，今予固若是耶？予闻闽有水，生毒雾厉气，中之者，温屯呕泄；藏石走濑，连舻糜解；有鱼焉，锯齿锋尾而兽蹄，是食人，必断而跃之，乃仰噬焉，故其名曰恶溪。西海有水，散涣而无力，不能负芥，投之则委靡垫没，及底而后止，其名曰弱水。秦有水，挢汩泥淖，挠混沙砾，视之分寸，眙若睨壁，浅深险易，昧昧不觌，乃合清渭，以自彰秽迹，故其名曰浊泾。雍之西有水，幽险若漆，不知所出，故其名曰黑水。夫恶弱，六极也；浊黑，贱名也。彼得之而不辞，穷万世而不变者，有其实也。今予甚清与美，为子所喜，而又功可以及圃畦，力可以载方舟，朝夕者济焉。子幸择而居予，而辱以无实之名以为愚，卒不见德而肆其诬，岂终不可革耶？"

柳子对曰："汝诚无其实。然以吾之愚而独好汝，汝恶得避是名耶！且汝不见贪泉乎？有饮而南者，见交趾宝货之多，光溢于目，思以两手左右攫而怀之，岂泉之实耶？过而往贪焉犹以为名。今汝独招愚者居焉，久留而不去，虽欲革其名不可得矣！夫明王之时，智者用，愚者伏。用者宜近，伏者宜远。今汝之托也，远王都三千余里，侧僻回隐，蒸郁之与曹，螺蚌之与居，惟触罪摈辱愚陋黜伏者，日侵侵以游汝，闾闾以守汝。汝欲为智乎？胡不呼今之聪明皎厉，握天子有司之柄以生育天下者，使一经于汝，而惟我独处？汝既不能得彼而见获于我，是则汝之实也；当汝为愚而犹以为诬，宁有说耶？"

曰："是则然矣，敢问子之愚何如而可以及我？"

柳子曰："汝欲穷我之愚说耶？虽极汝之所往，不足以申吾喙；涸汝之所流，不足以濡吾翰。姑示子其略：吾茫洋乎无知，冰雪之交，众裘我絺；溽暑之铄，众从之风，而我从之火。吾荡而趋，不知太行之异乎九衢，以败吾车；放而游，不知吕梁之异乎安流，以没吾舟。吾足蹈坎井，头抵木石，冲行榛棘，僵仆虺蜴，而不知怵惕。何丧何得，进不为盈，退不为抑，荒凉昏默，卒不知克。此其大凡者也。愿以是污汝可乎？"

于是溪神深思而叹曰："嘻！有余矣，是及我也。"因俯而羞，仰而吁。涕泣交流，举手而辞。一晦一明，觉而莫知所之，遂书其对。（柳宗元的《愚溪对》）

柳宗元的《愚溪对》假托自己与冉溪溪神对问，解释改溪名为愚溪的理由，其中处处说"我"之愚，实际是表达自己性不谐俗、众醉我醒的高洁品格。

天后幽中宗之后，有不下闾阎移六合之志，故徐敬业、唐之奇等于扬州起兵，以兴复唐室。然皆不旋踵而败，遂引用酷吏，开罗织之门，以慑伏内外。一日，狄梁公独对。天后曰："吾自用俊臣思止来，朝臣知所惧否？"梁公曰："朝廷小人，不达天命，或有异议。然陛下以木有一实之蠹，将翦树而弃之乎？锦有一点之污，将全匹而燔之乎？养隼者诚欲其鸷于乌鸢乎？鸷于鸾皇乎？鸷而无别，不如不鸷矣。"天后默然。（杨夔《纪梁公对》）

杨夔的《纪梁公对》借狄仁杰之口抨击统治者施行"防民之口"的酷政。

或问："古之士，能直谏不君之君者，其谁为最？"曰："有谏者，齐人茅焦。"曰："夏无龙逢耶？殷无比干耶？"曰："不以之无，而功德相辽耳。夫谏者，不独以言之忠，而欲其气雄；不独以名之彰，而欲其事立。四者克备，是为难矣。昔嬴政吞噬群雄以取天下，豪暴奢侈，古初无先。故非必为，而谏必距。当迁太后于雍，有及泉之誓，凡谏者二十七人矣。天下忠赤之士，莫不囚气锁词。是时焦能独奋勇果，不顾其戚，肉视虎狼，冰顾鼎镬，锷谔造庭，折其四失。俾暴主悔非迁善，而从其言。由是骨肉之恩，断而再续；君臣之义，舍而再交；谏诤之路，塞而再启。皆由焦之功也。噫！忘躯徇忠，亦谏者之职。然死于二十七人之后，不难乎其心哉！进谏于二十七人之后，不难乎其词哉！斯可谓言忠气雄，名彰事立。备矣！岂若龙逢谏桀，比干谏纣，徒自柔声婉词，而又身不免，事不立。其足为茅先生之徒欤！"问者喜而退。（陈黯《答问谏者》）

陈黯的《答问谏者》一文借齐人茅焦谏秦王一事，指出真正的谏者"不独以言忠，而欲其气雄；不独以名彰而欲其事立"。

以上这五篇文章以"对""问"为题，采用问答的形式，故姚铉亦将其归入"言语对答"类。

这种问对形式的文章，刘勰将其归入"杂文"，并说："宋玉含才，颇亦负俗，始造《对问》，以申其志，放怀寥廓，气实使之……原兹文之设，乃发愤以表志。身挫凭乎道胜，时屯寄于情泰，莫不渊岳其心，麟凤其采，此立本之大要也。"① 而《文选》中的"对问"一体，仅选宋玉《对楚王问》一

---

① 见《文心雕龙注》卷三，刘勰著，范文澜注，人民文学出版社，1958年9月第1版，页254。

篇，但其"设论"一体，则选东方朔《答客难》、扬雄《解嘲》、班固《答宾戏》三篇文章。这样分类，大概是要辨明"对问"这种文体的源流。

关于"问对"体，徐师曾认为："按问对者，文人假设之词也。其名既殊，其实复异。故名实皆问者，屈平《天问》、江淹《遂古篇》之类是也；名问而实对者，柳宗元《晋问》之类是也。其它曰难、曰谕、曰答、曰应，又有不同，皆问对之类也。古者君臣朋友口相问对，其词详见于《左传》《史》《汉》诸书。后人仿之，乃设词以见志，于是有问对之文；而反复纵横，真可以舒愤郁而通意虑，盖文之不可缺者也。"①

这样说来，姚铉《唐文粹》"古文"中的"言语答对"类作品，均可视为"问对"体的文章。但和《文心雕龙》《文选》所涉及的赋体文章相比，《唐文粹》"古文"中的"言语答对"类文章是散体单行的"古文"。② 仅李华《言医》一文有赋体文章的痕迹。

六、经　旨

《唐文粹》"古文"的第六类为"经旨"，共五篇文章。

天宝初，适于平阳。平阳太守稷山公，则衡之从考舅。雅好古道，门尚词客，当今文人，相与多矣。尝叹曰："取士之道，才其难乎？或精文而薄于行，或敦行而浅于文，斯乃有失其道，一至于此。"顾衡曰："吾尝语尔知言，尔其言之。"衡私门以文场而进五世，鄙虽不嗣，悉藉馀休，敢著《元龟》，以叙其事。《元龟》曰：

---

① 见《文体明辨序说·问对》，徐师曾著，罗根泽校点，人民文学出版社，1962年8月第1版，页134-135。关于"问对"体，吴讷的看法与徐师曾相似，《文章辨体序说·问对》云："问对体者，载昔人一时间问答之辞，或设客难以著其意者。《文选》所录宋玉之于楚王，相如之于蜀父老，是所谓问对之辞。至若《答客难》《解嘲》《宾戏》等作，则皆设辞以自慰者焉。"（见《文章辨体序说·问对》，吴讷著，于北山校点，人民文学出版社，1962年8月第1版，页48-49）

② 关于"对问"这种文体的发展变化，郭英德在《论历代〈文选〉类总集的分体归类》一文中说："《文选》卷45有'对问'类，仅收《宋玉对楚王问》一文。《宋文鉴》有'对问'类，《文章辨体》《明文衡》《文体明辨》则易名为'问对'。而《文苑英华》《唐文粹》皆未单列'对问'类，前者于'杂文'类中有'问答'一目，后者于'古文'类中有'言语对答'一目。"（见《中国文化研究》2004年第3期）

文道之兴也，其当中古乎？其无所始乎？且天道五行以别纬，地道五色以别方，人道五常以别德。《易》曰："观乎天文，以察时变；观乎人文，以化成天下。"非五纬孰可以知天，非五方孰可以辨地，非五常孰可以化人，文之为道，斯亦远矣。天人之际，其可得于是乎？夫卦始乎三画，文章之间，大抵不出乎三等，斯乃从人而有焉，工与不工，各区分而有之。君子之文为上等，其德全；志士之文为中等，其义全；词士之文为下等，其思全。思也可以纪物，义也可以动众，德也可以经化。化人之作，其惟君子之作，先乎行，行为之质；后乎言，言为之文。行不出乎言，言不出乎行，质文相半，斯乃化成之道焉。志士之作，介然以立诚，愤然有所述，言必有所讽，志必有所之，词寡而意懇，气高而调苦，斯乃感激之道焉。词士之作，学古以杼情，属词以及物；及物胜则词丽，杼情逸则气高。高者求清，丽者求婉，耻乎质，贵乎清，而忘其志，斯乃颓靡之道焉。古人之贵有文者，将以饰行表德，见情署事。杼轴乎天人之际，道达乎性命之元，正复乎君臣之位，昭感乎鬼神之奥。苟失其道，无所措矣。君子也，文成而业著；志士也，文成而德丧。然今之代，其多词士乎？代由尚乎文者，以斯文而欲轨物范众，安邦叙政，其难致乎化成，悲夫！敢著《元龟》，庶观文章之道，得丧之际，悔吝之所由焉。（尚衡《文道元龟》）

尚衡的《文道元龟》论文之高下，他把文分为"君子之文""志士之文""词士之文"三等，其中，"君子之文"为上等，"词士之文"为下等。并认为"君子之作，先乎行，行为之质，后乎言"，而"词士之作，学古以杼情，属词以及物。及物胜则词丽，杼情逸则气高……耻乎质，贵乎清，而忘其志，斯乃颓靡之道焉"。这种文道观直接承韩、柳而来，但在对待抒情婉丽之文的态度上过于狭隘。

禹贤益，以天下授益，采其讴谣之所归，卒让于启，故启不由父授，而书无典训。黯追其旨，作《禹诰》。呜呼！惟位于君，惟父于民。禅授无疏亲，亲惟其人。德之肖，仇敌可；道之违，昵爱不可。苟昔尧、舜传人，今吾传家，孰不知其私耶？所以然者，天人之意然也。汝其念之。陶者，土之器也，持之得其人则完，不则毁。位者，国之器也。持之得其人则治，不则乱。吾得之惟艰，汝继之无忘其难。苟汝后不克肖，宜复于尧、舜之道，归于有德。勿以吾传之，为世有之。呜呼！不贤而毁其器，俾后源私而罪我也。汝其念之。（陈黯《禹诰》）

陈黯的《禹诰》是一篇拟古之作，文中主张把权位传给有德之人，才能勿毁其器："惟位于君，惟父于民，禅授无疏亲，亲惟其人。德之肖，仇敌可；道之迷，昵爱不可。"联系韩愈《对禹问》主张"天与贤则与贤，天与子则与子"，则陈黯的见解是相当大胆的。

汤征诸侯，葛伯不祀，汤始征之，作《汤征》。

葛伯荒怠，败礼废祀，汤专征诸侯，肇徂征之。汤若曰：格尔三事之人，逮於有众，启乃心，正乃容，明听予言。咨尔先格王有彝训曰："禄无常荷，荷于仁；福无常享，享於敬。"惠乃道，保厥邦；覆乃德，殄厥世。惟葛伯反易天道，怠弃邦本，虐于民，慢于神。惟社稷宗庙，罔克尊奉，暨山川鬼神，亦靡禋祀。告曰"罔牺牲以供俎羞"，予畀厥牛羊，乃既於盗食；曰"罔黍稷以奉粢盛"，予佑厥稼穑，乃困于仇饷。今尔众曰葛罪，其如予闻。曰为邦者祇奉明神，抚绥蒸民，二者克备，尚克保厥家邦。吁！废于祀，神震怒，肆于虐，民离心。顷绳契以降，暨于百代，神怒民叛，而不颠挤者，匪我攸闻。小子履，以凉德钦奉天威，肇征有葛。咨尔有众，克济厥功。其有敬师徒，戒车乘，敬吾事者，有明赏；其有罔率职，罔戮力，不恭命者，有常刑。明赏不僭，常刑无赦。呜呼！朕告汝众，君子监于兹，钦哉懋哉！罚及乃躬，不可悔。（白居易《补逸书》）

白居易的《补逸书》也是一篇拟古之作，其序曰："汤征诸侯，葛伯不祀，汤始征之，作《汤征》。"可见实为仿《尚书》之作。

经曰"天王使来求金"，又曰"求车"。岂天王之使，私有求於鲁耶？不然，传闻之误耳。若诸侯之使来求金，则谓求可矣。若致天子之命，徵於诸侯，其可谓之求耶？且率土之人与其货殖，皆一人之所有，父之财守於其子，则用不莫不恭命，其可谓之求乎？《春秋》之旨，尊君卑臣，岂圣人为鲁不为周耶？《书》云"天王狩於河阳"，尚为晋侯讳召天子，岂可不为周讳其过哉？纵天王制用失节，多取於诸侯，而欲垂诫，即书於周史可矣，若书於诸侯之史，是悔悋其货而侮王命也，王祭亦不供矣，必非圣人之文也。必若王人责其稽命，曷不书曰"天王使某责贡金"？傥以取金为不文，曷不曰"天王使某来徵贡金"，亦讥在其中矣。以是愚疑仲尼书"天王使来求金"，是使乎私自求而惩之也。不然，求与责文或相近，传写之误焉。不尔，何子夏之徒不能措一言哉？舍此而讥诃，皆小小者耳。（司空图《疑经》）

司空图的《疑经》表达了其对《春秋》中"天王使来求金"一句的看

法，其所据仍在于儒道，即其在《疑经后述》中所言："未尝摭拾前贤之谬误。然为儒证道，又不可皆无也。"①

圣人知生不足事，事之死。死不足其思，制之生。生象其死，穷其思也。尸象其生，极其教也。夫礼也者，以守阙不以废，废则乱。故祀享立尸于庙，王则迎。有拜有醑尸有祷，所以立象生之敬也。今视唐礼，皇帝神降而拜象乎妥尸，受福于神象乎酢尸。呜呼！唐有天下，化平三百年，其礼典赫然，可以蠛汉蠓魏，岂不能守周孔礼制哉？故曰不以加，加则弊。礼无匦盥之文，汉魏以来加之是也。以加不以阙者，周官射人祭祀则赞射牲，王亲射也。自汉魏以来，惟以毛血为荐是也。足以阙不以废，古者屈到耆艾，屈建荐之，谓乎非礼，梁氏祀以蔬食是也。呜呼！读汉魏及梁书，代无其人。忍使其礼弊怠废阙相接至此耶，岂天然之使，俟吾唐之人补其逸典哉？是宗庙祭尸，不当废也已。（皮日休《正尸祭》）

皮日休的《正尸祭》提出"是宗庙祭尸，不当废也已"，他认为："夫礼也者，以守阙不以废，废则乱。故祀享立尸于庙，王则迎。有拜有醑尸有祷，所以立象生之敬也。"其立足亦在儒道。

以上五篇文章，均本之儒教，或议或疑。故姚铉将它们归为"经旨"一类，当是以文章内容作为划分类别的依据。这类文章从体制上看，属于杂论文章。其创新之处在于文章内容，大多以韩、柳所提倡的"道"作为武器，批判各种不合"道"的社会现象；在语言、风格等方面也以韩、柳古文为本。

七、读

《唐文粹》"古文"的第七类为"读"，收入四篇作品。

始吾读孟轲书，然后知孔子之道尊，圣人之道易行，王易王，霸易霸也。以为孔子之徒没，尊圣人者，孟氏而已。晚得扬雄书，益尊信孟氏。因雄书而孟氏益尊，则雄者亦圣人之徒欤！圣人之道，不传于世：周之衰，好事者各以其说干时君，纷纷藉藉相乱，《六经》与百家之说错杂，然老师大儒犹在。火于秦，黄老于汉，其存而醇者，孟轲氏而已耳，扬雄氏而已耳。及得荀氏书，于是又知有荀氏者也。考其辞，时若不醇粹；要其归，与孔子异者鲜

---

① 见《全唐文》卷八〇九，[清]董诰等编，中华书局，1983年11月第1版，页8502。

矣。抑犹在轲、雄之间乎？孔子删《诗》《书》，笔削《春秋》，合于道者著之，离于道者去之，故《诗》《书》《春秋》无疵。予欲削荀氏之不合者，附于圣人之籍，亦孔子之志欤！孟氏，醇乎醇者也。荀与雄，大醇而小疵。（韩愈《读荀》）

儒讥墨以尚同、兼爱、尚贤、明鬼。而孔子畏大人，居是邦不非其大夫，《春秋》讥专臣，不尚同哉？孔子泛爱亲仁，以博施济众为圣，不兼爱哉？孔子贤贤，以四科进褒弟子，疾没世而名不称，不尚贤哉？孔子不与，祭如不祭者，曰："我祭则受福"，不明鬼哉？儒墨同是尧舜，同非桀纣，同修身正心以治天下国家，奚不相悦如是哉？予以谓辩生于末学，各务售其师之说，非二师之道本然也。孔子必用墨子，墨子必用孔子；不相用，不足为孔、墨。（韩愈《读墨子》）

韩愈的《读荀》《读墨子》为读后感，韩愈在《读荀》一文中指出"及得荀氏书，于是又知有荀氏者也。考其辞，时若不醇粹；要其归，与孔子异者鲜矣。抑犹在轲、雄之间乎"，并认为"孟氏醇乎醇者也，荀与扬大醇而小疵。"《读墨子》一文则认为"孔子必用墨子，墨子必用孔子，不相用，不足为孔墨"，可谓卓识。

圣人神疲力尽以行道，开礼展乐以告人，欲天下不忘乎温良忠悫敬让之心也。後之明王，又增以设学校，立庙祀，笾豆时修，衣冕屡制。其天下之书，则墙帙整整，林轴丽丽。斯可谓教道之备者也。如是犹有不率其勤，不由乎道者。所以圣人忧其寖堕，乃曰："三年不为礼，礼必坏。三年不为乐，乐必崩。"何训之示之之至，而训之示之之难也？鬼谷子者，鬼谷先生之书也。六国时所作，其教人容动色理气意之间，以诡绐激讦揣固呼哩离合揣测反覆憸滑之术，悉备於章旨。余读之，知六国之时，得术是书者，惟秦仪而已。亦盗禄入国之秘经。然自六经已降，至於渐尤之後，其中有数篇者，乃今之粉儿乳子，亦可与秦仪齿也。至如揗阖飞箝，实时之常态，是知渐尤之後，不读鬼谷之书者，其行事皆得自然符契也。呜呼！圣人之道，设礼乐诗书之多，学校庙祀之盛，孜孜矻矻，则何易坏易崩，入人之心难耶？《鬼谷》之书，三卷而已。代不家有，则何自然符合奥妙，契人心之易耶？使天下用圣人之道，学温良忠悫敬让之心，得如自然符契鬼谷之书者，则吾见圣人无恨矣。抑余瞑目放已，陶陶入太古风，是不可得也。昔仓颉文字，鬼为之哭。不知鬼谷作是书，鬼何为耶？吾今不觉毛磔胆寒者，是疑今之复有鬼谷新书而怀之者，则吾不知

其备。(来鹄《读鬼谷子》)

古之取天下也以民心,今之取天下也以民命。唐、虞尚仁,天下之民从而帝之,不曰取天下以民心者乎?汉、魏尚权,取赤子于利刃之下,争寸土于百战之内。士为诸侯,诸侯为天子,非兵不能威,非战不能服,不曰取天下以民命者乎?由是编之为术,术愈精而杀人愈多,法益切而害物益甚。呜呼!其亦不仁矣!茧茧之类,不敢惜死者,上惧乎刑,次贪乎赏。民之于君,犹子也。何异乎父欲杀其子,先绐以威,后啖以利哉?孟子曰:"'我善为阵,我善为战',大罪也。"后之士有是者,虽不得士,吾以为犹士焉。(皮日休《读司马法》)

来鹄《读鬼谷子》、皮日休《读司马法》亦为读后感,深刻地揭露了夺取天下权位者的残暴。作者是从重民、爱民的角度批判封建统治者残民以逞的。

以上四篇作品均可归为"题跋"体。据《文体明辨序说·题跋》云:"按题跋者,简编之后语也。凡经传子史诗文图书之类,前有序引,后有后序,可谓尽矣。其后览者,或因人之请求,或因感而有得,则复撰词以缀于末简,而总谓之题跋。至综其实则有四焉:一曰题,二曰跋,三曰书某,四曰读某。夫题者,缔也,审缔其义也。跋者,本也,因文而见本也。书者,书其语。读者,因于读也。题、读始于唐;跋、书起于宋。"① 由此看来,"读"作为一种文体当始于韩愈。

这类读后感式的文章也是以议论为主的,或明理,或刺时,均为有感而发之作。

八、辩

《唐文粹》"古文"的第八类是"辩",收入九篇作品。

愈与进士李贺书,劝贺举进士。贺举进士,有与贺争名者毁之,曰贺父名晋肃,贺不举进士为是,劝之举者为非。听者不察也,和而唱之,同然一辞。皇甫湜曰:"予与贺且得罪。"愈曰:"然。"

---

① 见《文体明辨序说》,徐师曾著,罗根泽校点,人民文学出版社,1962年8月第1版,页136。

律曰:"二名不偏讳。"释之者曰:"谓若言'征'不称'在',言'在'不称'征'是也。"律曰:"不讳嫌名。"释之者曰:"谓若'禹'与'雨'、'丘'与'蓲'之类是也。"今贺父名晋肃,贺举进士,为犯二名律乎?为犯嫌名律乎?父名晋肃,而子不得举进士,若父名仁,子不得为人乎?夫讳始于何时?作法制以教天下者,非周公孔子欤?周公作诗不讳,孔子不偏讳二名,《春秋》不讥不讳嫌名,康王钊之孙,实为昭王。曾参之父名晳,曾子不讳昔。周之时有骐期,汉之时有杜度,此其子宜如何讳?将讳其嫌遂讳其姓乎?将不讳其嫌者乎?汉讳武帝名彻为通,不闻又讳车辙之辙为某字也;讳吕后名雉为野鸡,不闻又讳治天下之治为某字也。今上章及诏,不闻讳浒、势、秉、饥也。惟宦官宫妾,乃不敢言谕及机,以为触犯。士君子立言行事,宜何所法守也?今考之于经,质之于律,稽之以国家之典,贺举进士为可?为不可邪?

凡事父母,得如曾参,可以无讥矣;作人得如周公孔子,亦可以止矣。今世之士,不务行曾参周公孔子之行,而讳亲之名,则务胜于曾参周公孔子,亦见其惑也。夫周公孔子曾参卒不可胜,胜周公孔子曾参,乃比于宦者宫妾,则是宦官宫妾之孝于其亲,贤于周公孔子曾参者邪?(韩愈《讳辩》)

第一篇是韩愈的《讳辩》,"辩"体文韩愈仅作此一篇。因李贺被人以犯讳为名攻击不得应进士举,韩愈著此文为之辩驳。文章在扼要交代写作的原因之后,先引律,"律曰:二名不偏讳。释之者曰:谓若言'征'不称'在',言'在'不称'征',是也。律曰:不讳嫌名。释之者曰:谓若'禹'与雨、'丘'与'蓲'之类是也"。然后联系李贺的实际,使用归谬的方法:"父名晋肃,而子不得举进士,若父名仁,子不得为人乎?"以证明犯讳的荒唐无据,后引经,"周公作诗不讳,孔子不偏讳二名。《春秋》不讥不讳嫌名,康王钊之孙,实为昭王;曾参之父名晳,曾子不讳昔。"再引国家之典:"今上章及诏不闻讳浒、势、秉、饥也。惟宦官宫妾,乃不敢言谕及机,以为触犯",层层辩驳,深刻而透彻。最后以幽默的笔调,指出那些"毁之者"只不过是自比于宦官宫妾,一点也不是士君子光明正大的行为。这虽是一篇辩驳文章,但作者不做正面的结论,只在引经据典之后,用一连串反诘句对"毁之者"进行质问,步步紧逼,气势夺人,具有极强的威慑力量。《古文观止》评论说:"前分律、经、典三段,后尾抱前,婉巉显快,反反复复,如大海回风,一波未平,一波复起,尽是设疑两可之辞,待智者自择。此别是一种文法。"①

　　虎豹之为害也，则焚山，不顾野人之菽粟；蛟蜃之为害也，则绝流，不顾渔人之钓网：其所全者大，所去者小也。顺大道而行者，救天下者也；尽规矩而进者，全礼义者也。权济天下，而君臣立、上下正，然后礼义在焉；力不能济于用，而君臣上下之不正，虽抱空器，奚所施设？是以佐盟津之师，焚山绝流者也；扣马而谏，计菽粟而顾钓网者也。於戏！（罗隐《辩害》）

　　或曰："文所以指陈是非，有以多为贵也，其要在乎彩饰其字，而慎其所为体也。"又曰："文章乃一艺耳。"是皆不知上流之文，而文之所由作也。夫天之文位乎上，人之文位乎中，不可得而增损者，自然之文也。故伏羲作八卦以象天地，穷极终始万化，无有差忒，故《易》与天地准，此圣人之文至也。但合其德，而三才之道尽。后圣有作，不能使支为五或七而九洎曲折者，是其文之至也。文字既生，治乱既形，仲尼作《春秋》以绳万世，而褒贬在一字，是亦文之至也乎？然则《易》卦之一画，春秋之一字，岂所谓崇饰之道而尚多之意耶？夫文者，考言之具也，可以革，则不足以毕天地矣。故圣人当使将来无得以笔削，果可以包举其义，虽一画一字，其可以矣。病不然然，而曰必以彩饰之能，援引之富，为作文之秘急，是何言之末欤！夫天岂有意于文彩耶，而日月星辰不可逾；地岂有意于文彩耶，而山川丘陵不可加；八卦、《春秋》岂有意于文彩耶，而极与天地侔。其何故得以不可越，自然也。夫自然者，不得不然之谓也。不得不然，又何体之慎耶？夫天、地、八卦、《春秋》，确止于此者也，吾得定其所云：其不至于此者，惟吾何学焉，吾安能以天下之心也。是则其心卓然绝于俗者，其文不求而至也，无得子为教。苟於圣达之门无所入，则虽劬劳憔悴于黼黻，其何数哉？是故在心曰志，宣于口曰言，垂于书曰文，其实一也。若圣与贤，则其书文皆教化之至言也，徒见其纤靡而无根者多，绐曰文与艺，呜呼！（独孤郁《辩文》）

　　覆载之中，胸有心者有其谋。然其谋则必为己，而鲜为人也。故有孜孜汲汲力于谋者，得之则逸身丰家，不得则嫉时怨命。噫！此真浇风薄俗者之心也，岂古圣贤之心乎？夫古圣贤未始无谋，而不求利于身也。不求利于身，而利自及也。何以明之？尧、舜有大宝之位，不传于子而传于他人，是为天下之

---

① 见《古文观止》卷之八，吴楚材、吴调侯编，中华书局，1959年9月新1版，页345。

谋得其君也。大禹疏凿横流，过其门而不顾啼婴，是为天下之人谋出其溺也。后稷勤耕，播殖百谷，是为天下之人谋粒其食也。其谋信何如哉！古今语帝王者必首于尧、舜，论功德者无出于禹、稷。风馨亿龄，不复磨灭。其利身又如何哉！近世之谋则不然。小者不过于谋衣食，大者不过于谋禄位。暨之利天下者或未见谋。呜呼！持是心而希其道侔于古人，是犹欲越山海而舍梯航，其进也无由矣。虽今圣人在上，贤人在位，其谋靡为不然，恐蚩蚩者日用而不知也，故因文以辩之。且欲贤不肖皆公其心，苟贤不肖皆公其心，则三古之风日可复矣。（陈黯《辩谋》）

论者以五帝不追於三皇，时变也。三代不追於五帝，时变也。五伯不追於三代，时变也。敦曰："时其在君乎？在臣乎？在民乎？"沈子曰："在君不在臣，在臣不在民，在民不在君臣。"古若羲若轩，若陶若虞，时在君也。若殷武丁，若周武王，若齐桓公，若晋文公，时在臣也。若夏之桀，殷之辛，周之赧，秦之二世，时在民也。故时在君则为皇为帝，时在臣则为王为霸，时在民则为禽为虏为祸矣。夫君德日勤，时在於君。君德不申，时在於民。愚故曰在君不在臣，在臣不在民，在民不在君臣。吁！唯明君而能知时之所在乎？（沈颜《时辩》）

孟子言人性善，荀子言人性恶，杨子言人性善恶混。曰喜、曰哀、曰惧、曰恶、曰欲、曰爱、曰怒，夫七者情也，情出于性也。夫七情中，爱、怒二者，生而自能。是二者性之根，恶之端也。乳儿见乳，必拏求，不得即啼，是爱与怒与儿俱生也，夫岂知其五者焉。既壮，而五者随而生焉。或有或亡，或厚或薄，至于爱、怒，曾不须臾与乳儿相离，而至于壮也。君子之性，爱怒淡然，不出于道。中人可以上下者，有爱拘于礼，有怒惧于法也。世有礼法，其有逾者，不敢恣其情；世无礼法，亦随而炽焉。至于小人，虽有礼法，而不能制，爱则求之，不得即怒，怒则乱。故曰爱、怒者，性之本，恶之端，与乳儿俱生，相随而至于壮也。凡言情性善者，多引舜、禹，言不善者，多引丹朱、商均。夫舜、禹二君子，生人已来，如二君子者凡有几人？不可引以为喻。丹朱、商均为尧、舜子，夫生于尧、舜之世，被其化，皆为善人，况生于其室，亲为父子，蒸不能润，灼不能热，是其恶与尧、舜之善等耳。天止一日月耳，言光明者，岂可引以为喻。人之品类，可与上下者众，可与上下之性，爱怒居多。爱、怒者，恶之端也。荀言人之性恶，比于二子，荀得多矣。（杜牧《三子言性辩》）

世谓舜之在下也，田于历山。象为之耕，鸟为之耘，圣德感召也如是。馀曰：斯异术也，何圣德欤？孔子叙书，于舜曰"浚哲文明"，圣德止于是而足矣，何感召之云云乎？然象耕鸟耘之说，吾得于农家。请试辨之。吾观耕者行端而徐，起塍欲深。兽之形魁者无出于象，行必端，履必深。法其端深，故曰象耕。耘者去莠，举手务疾而畏晚。鸟之啄食，务疾而畏夺。法其疾畏，故曰鸟耘。试禹之绩，大成而后荐之于天。其为端且深，非得于象耕乎？去四凶恐害于政，其为疾且畏，非得于鸟耘乎？不然，则雷泽之渔，河滨之陶，无一感召何也？岂圣德有时而不德耶？孟子曰："尧舜与人同耳。"而好事者张以就其怪，怪非圣人之意也。吾病其书之异端，殴之使合于道。人其从我乎？虽不从，吾亦不能变其说。（陆龟蒙《象耕鸟耘辨》）

西岳太华，华之首峰，有五崖比壑破岩而列，自下远而望之，偶为掌形。旧俗土记之传者皆曰：昔河自积石出而西流，既越龙门，遂弭南驰者千数百里。折波左旋，将走东溟，连山塞之，壅不得去。有巨灵於此，力擘而剖其中，跖而北者为首阳，绝而南者为太华，河自此泄，茫洋下驰。故其掌迹犹存，巨灵之迹也。余闻而惑之，乃往观曰："诞哉此说乎！"夫所谓神者，非人也。其动无声，其形无迹，若形而无象，若气而无色，拔山剖泽而不见其作，鼓风奔水而不见其力，视不可察，名不能及，故推而谓之神。苟有声可闻，形可见，非神之所为，则皆人力之能及也。乌有神之作力，而有人迹乎？且夫高天厚地，耸山流川者，神之所为也，所言开山导河，亦神也。神之所以神者，有作而无悖，一成而不易，乌有始塞之而复达之，始连之而复绝之，始不知终，是不为神矣。且此灵之运，为何古乎，在太初开辟之始乎？为陶唐洪水怀山襄陵之际乎，以为开辟之也，宜当胚浑之先，天地未位，万象茫昧，尚无定归，当不止一河之壅抑，而一灵与其道，（疑）借有其事，自为而著，悠悠乎年代之眇没，其谁也克传？以为陶唐洪水之际乎，则禹奠百川，宜在《禹贡》，乃曰："导河积石，至於龙门，南至於华阴，东至於底柱。"皆禹功之所致，以达於海。岂天地大异之若此，而典记不以为文哉？天设四渎，宜有以通，不当始遏其流，滞挠其和气，及其汩乱，而後理也。且山谷之作此形，何则不有？危陷相薄，高深相敌，乃有锐而出者为虎牙，偶而背者为熊耳，角山献者为牛首，冠而峭者为鸡头，必以形之类形，而必加说，则鸡牛熊虎之象，其亦有作乎？余尝览张平子之赋《西京》，至巨灵高掌厥迹犹存之辞，以为该闻精达，以是惑，使不语怪神之旨，何所述明。暨睹其形而咨之，果谬悠而无

据也。将假文神事，以饰其辞欤，为思而有阙欤？因辩其由而述之，以告山下。（王涯《太华仙掌辩》）

罗隐的《辩害》一文亦是一篇短论，独孤郁的《辩文》、陈黯的《辩谋》、沈颜的《时辩》、杜牧《三子言性辩》、陆龟蒙的《象耕鸟耘辩》、王涯的《太华仙掌辩》等文也均为有感而发的论辩文章，从圣人之文、时代的变化到礼义的作用、圣人的旨意，无所不辩。

庐江辩

凡作事必法古，名地者必求於古，地而不古，失其地矣。秦一天下，破国为郡，名地者唯求於《禹贡》与《山海经》。故始皇二十六年，以扬州之地为九江、鄣郡、会稽。九江、会稽出《禹贡》，鄣出《山海经》。按《海内南经》云：三天子鄣山在闽西。注云：在歙县东，浙江出焉。海内东经云：庐江出三天子都，入江彭泽西。注云：即彭蠡也。今彭泽县西是也。经又曰：一名天子鄣。江南之鄣，由此名也。庐江在彭蠡西涯，因庐江以立名。项羽封英布为九江王，尽有扬州之地。汉高改九江曰淮南，即封布为淮南王。十一年布诛，立皇子长为淮南王。孝文八年长死，徙封长子安为淮南王，赐为庐江王，勃为衡山王。应劭曰："庐江故庐子国也。考寻载籍，古无庐国之名。是劭以庐江为庐戎之地也。"按《左氏传》：卢戎亦曰庐，在宣城西山中。劭误以中庐之庐为庐江之庐，后人因迷而不悟。按《汉书·诸侯王年表》，北界淮濒略庐衡为淮南。颜注云：庐、衡二山名也。衡即今霍山。按《东汉·地理志》，建武十年省六安国，以县属庐江郡，郡十四城，有舒浔阳襄安。郡南有九江，东合为大江，大江之南与彭泽相接。既得浔阳，浔阳有庐山。庐山因庐江而名。古矣！庐江之地，包江南北而有之。周景武《庐山记》云：匡俗周威王时，生而神灵，居於此山上，世称庐君。则是俗因山为号，不因俗为庐而名山。为西域法者曰惠远，作《庐山记》，不知所始，乃曰匡俗出殷周之际，结庐山上，因名山曰庐。其谬甚矣！按豫章旧志，俗父与番阳令吴芮佐汉定天下而亡，汉封俗於浔阳。武帝南巡，封俗为明公。是山不因俗而名愈明矣。余故曰事必法古，名地者必求於古。庐江自《山海经》所谓出三天子都者是也。今山在彭蠡之上，亡其所谓庐江者，时移事古名与地改故也。又按经云：浙江出三天子都在其东。《地理志》云：浙江出黟县南率山，东入海。率则歙，今浙江是也。今率山在歙州南，连延而西曰浙岭。浙水实出其阴，又西走彭泽，凡三百里，并水出山阳者，皆西流汇於彭蠡。庐江远乎哉！是必一水也。又按今浔阳在江州大江之南，古浔阳在大江之北。名地为国者，岂限江之南北哉，求於古而已矣。庐江之国，自《山海经》而名者为是。

同食馆辩

同食馆不知名於何时。咸谓自庐以往，振廪同食，因以为名。按《左氏》桓十三年《传》：楚屈瑕伐罗，罗与庐戎两军之。杜注云：卢亦为庐也，庐戎南蛮也。文十六年《经》：楚人、秦人、巴人灭庸。注云：庸今上庸也。（今房州上庸即其地）传曰：楚人出师，自庐以往，振廪同食。注云：今襄阳中庐县也。振，发仓廪也。同食，上下无异馔也。次於勾澨，勾澨，楚西境也。使庐戢梨侵庸，戢梨，庐大夫也。又按《汉书·地理志》：当阳之中庐在襄阳县南。今犹有次庐村。颜注云：隋室讳忠，故改为次。又按楚庄王时都郢，即今之江陵。由郢而伐西北密迩之庸，安有发东北数千里之廪，上下同食哉！此非庐江之庐明矣。噫！夫命名者不详，国地之本末，俾后世地因名而生惑。余今以庐江所治，故六地也。六与蓼皆灭於楚，臧孙辰叹曰：皋陶庭坚，不祀忽诸。德之不建，民之无援。哀哉！足以为后代鉴。因更是馆，名曰建德。

合肥辩

《汉书》：淮南王杀开章，葬之肥陵。肥陵肥水之上也，在寿春。应劭云：夏水出父城东南，至此与肥合。故曰合肥。今按肥水出鸡鸣山，北流二十里，所分而为二。其一东南流，经合肥县南，又东南入巢湖；其一西北流，二百里出寿春西投（去声）于淮。二水皆曰肥。余按《尔雅》，归异出同流肥。言所出同而所归异也。是山也，高不过百寻，所出唯一水，分流而已，其源实同，而所流实异也，故皆曰肥。今二州图记皆不见夏水与父城，恶睹其谓夏与肥合者乎。合於一源，分而为肥，合亦同也，故曰合肥。而云夏与肥合者，亦应氏之失也。

冶父山辩

按图记，今冶父山在庐江东北，即《左氏》所谓莫敖缢于荒谷，群帅囚于冶父，兹山是也。余按《杜注》及《地理志》《荆州记》，皆云冶父城在荆州,荒谷西北小城即冶父城,莫敖缢於荒谷,群帅囚于冶父是也。庐非庐戎之地,同食异振廪之所,安得复有冶父哉!后人妄加之明矣。矧囚於城,岂囚於山乎?余按今冶父山实有铁冶,乃作教此告县,更名曰冶山不疑。

(卢潘《庐江四辩》)

　　卢潘的《庐江四辩》分为《庐江辩》《同食馆辩》《合肥辩》《冶父山辩》四部分,每一部分辩一地名的来龙去脉。虽同为"辩"体,此文与上述八篇文章不同,上述八篇文章均为"辩"理之是非,而此文则是"辩"事物名称之源流。

　　关于"辩"体,按徐师曾《文体明辨序说》云:"按字书'辩'文有二:一是从'言',治也。二是从'刀',判也。盖治其言行之是非真伪而判别之,则义实相须,故世多通用。然文人作辩,则治义居多,故今定从'言',未知是否也。汉以前,初无作者,故《文选》莫载,而刘勰不著其说。至唐韩柳及始作焉。然其原实出于孟庄。盖非本乎至当不易之理,而以反复曲折之词发之,未有能工者也。故今取名家诸作,以式学者。其题或曰某辩,或曰辩某,则随作者命之,实非有异义也。"①徐师曾这段话有两点须注意:一是辩体始于韩、柳;二是"辩"体之"辩"亦可作"辨"。这一文体中的论辩类,当以柳宗元的文章为最工,有《桐叶封弟辩》《辩列子》《辩文子》《论语辩二篇》《辩鬼谷子》《辩晏子春秋》《辩亢仓子》《辩鹖冠子》九篇文章,《唐文粹》一篇也没有收入,是其不足。

九、解

　　《唐文粹》"古文"的第九类为"解"体,收入十篇文章。

　　国子先生晨入太学,招诸生立馆下,诲之曰:"业精于勤,荒于嬉;行成于思,毁于随。方今圣贤相逢,治具毕张。拔去凶邪,登崇畯良。占小善者率以录,名一艺者无不庸。爬罗剔抉,刮垢磨光。盖有幸而获选,孰云多而不扬?诸生业患不能精,无患有司之不明;行患不能成,无患有司之不公。"言未既,有笑于列者曰:"先生欺予哉!弟子事先生,于兹有时

---

① 见《文体明辨序说·辩》,徐师曾著,罗根泽校点,人民文学出版社,1962年8月第1版,页133。

矣。先生口不绝吟于六艺之文，手不停披于百家之编。记事者必提其要，纂言者必钩其玄。贪多务得，细大不捐。焚膏油以继晷，恒兀兀以穷年。先生之于业，可谓勤矣。觝排异端，攘斥佛老。补苴罅漏，张皇幽眇。寻坠绪之茫茫，独旁搜而远绍。障百川而东之，回狂澜于既倒。先生之于儒，可谓有劳矣。

沉浸醲郁，含英咀华，作为文章，其书满家。上规姚姒，浑浑亡涯；周诰、殷《盘》，佶屈聱牙；《春秋》谨严，《左氏》浮夸；《易》奇而法，《诗》正而葩；下逮《庄》《骚》，太史所录；子云，相如，同工异曲。先生之于德，可谓闳其中而肆其外矣。少始知学，勇于敢为；长通于方，左右具宜。先生之于为人，可谓成矣。然而公不见信于人，私不见助于友。跋前踬后，动辄得咎。暂为御史，遂窜南夷。三年博士，冗不见治。命与仇谋，取败几时。冬暖而儿号寒，年登而妻啼饥。头童齿豁，竟死何裨。不知虑此，而反教人为？"

先生曰："吁，子来前！夫大木为杗，细木为桷，欂栌、侏儒，椳、闑、扂、楔，各得其施以成室者，匠氏之功也。玉札、丹砂，赤箭、青芝，牛溲、马勃，败鼓之皮，俱收并蓄，待用无遗者，医师之良也。登明选公，杂进巧拙，纡馀为妍，卓荦为杰，校短量长，惟器是适者，宰相之方也。昔者孟轲好辩，孔道以明，辙环天下，卒老于行。荀卿守正，大论以兴，逃谗于楚，废死兰陵。是二儒者，吐辞为经，举足为法，绝类离伦，优入圣域，其遇于世何如也？今先生学虽勤而不繇其统，言虽多而不要其中，文虽奇而不济于用，行虽修而不显于众。犹且月费俸钱，岁靡廪粟；子不知耕，妇不知织；乘马从徒，安坐而食。踵常途之役役，窥陈编以盗窃。然而圣主不加诛，宰臣不见斥，兹非其幸欤？动而得谤，名亦随之。投闲置散，乃分之宜。若夫商财贿之有亡，计班资之崇庳，忘己量之所称，指前人之瑕疵，是所谓诘匠氏之不以杙为楹，而訾医师之不以昌阳引年，欲进其豨苓也。"

（韩愈《进学解》）

入选"解"体的第一篇文章是韩愈的《进学解》。"进学解"意谓对增进学、行问题的辨析。此文指出了增进学、行的方法在于"勤"与"思"，目的是"业精""行成"。文章模拟东方朔《答客难》和扬雄《解难》《解嘲》①,借国子监先生与弟子的对话,写自己勤于业,工于文,有劳于儒,勇于为人,而遭遇却是:"然而公不见信于人,私不见助于友。跋前踬后,动辄得咎。暂为御史,遂窜南夷。三年博士,冗不见治。命与仇谋,取败几时!冬暖而儿号寒,年登而妻啼饥,头童齿豁,竟死何裨。"抒发了作者长期不受重用,反遭贬斥的不满情绪,也暗寓对当政者不以才德取人,用人不公不明的讽刺。文章行文运用辞赋手法,押韵和对偶的运用使文章音调和谐,语句整齐流畅,增强了艺术感染力。全文篇幅虽短小,但转折变化,委婉而劲厉,很能表现出韩愈杂文的特点。比如,第二段先大段铺写先生之能,浩瀚奔放;再以寥寥数语写其不遇之状,语气强烈。其间自然形成大幅度的转折,而全段总的气势是酣畅淋漓的。第三段则平和谦退,似乎火气消尽;而细细体味之下,又感到辛酸、无奈、愤懑、嘲讽种种情绪包孕其中,其文气与第二段形成对比。又如,通篇使人悲慨,使人深思,但有的地方又似有谐趣。如先生谆谆教诲,态度庄重,而生徒却以嬉笑对之;先生为说服生徒,不得不痛自贬抑,甚至自称盗窃陈编。这些地方见出先生实处于被动,而具有滑稽意味。总之,全文结构虽简单,但其内在的气势、意趣却多变化,耐咀嚼。它之所以使人感到新鲜,又与其语言的形象、新颖有关。比如,以"口不绝吟""手不停披"状先生之勤学,以"踵常途之促促,窥陈编以盗窃"形容其碌碌无为,以"爬罗剔抉,刮垢磨光"写选拔培育人才等等,不但化抽象为具体,而且其形象都自出机杼。至于"贪多务得""细大不捐""含英咀华""佶屈聱牙""同工异曲""动辄得咎""俱收并蓄""投闲置散"等词语,既富于独创性,又贴切凝练,今天都已成为常用成语。又如"业精于勤,荒于嬉;行成于思,毁于随"等,将丰富的人生体验提炼为短句,发人深思,有如格言。在一篇不长的文章中,此类具有独创性的语句却如此之多,实在让人不得不惊叹作者在文学语言方面的创造能力。

学者多称仲尼历聘不遇,吾谓仲尼观礼行道,不历聘不遇。吾谓仲尼观礼也。夫二国交骤曰聘,以臣使于君亦曰聘,男输财于女,国驾帛于士,皆

---

① 洪迈《容斋随笔·七发》中说:"东方朔《答客难》,自是文中杰出,扬雄拟之为《解嘲》,尚有驰骋自得之妙。至于崔骃《达旨》、班固《宾戏》、张衡《应间》皆屋下架层,章摹句写,其病与《七林》同,及韩退之《进学解》出,于是一洗矣。"[见《容斋随笔》卷第七,[宋]洪迈著,上海古籍出版社,1996年3月第1版,页88]

曰聘。故无财与无君国之命，一不聘也。当德蚀衰周，道徂七国，盖仲尼伤礼乐不起，是以学《韶》于齐，求师于周。将欲铸义以镜国，张仁以罗俗，使明筍为宗资也。且去鲁适卫，盖辞在于仕矣。自宋之郑，殆非臣矣。绝粮于陈蔡，亦无财矣。官至司寇，果不为士。安谓聘哉？吾闻夫子观夏道则之杞，观殷道则之宋。较是而言，虽他国可知也。安谓历聘哉。（盛均《仲尼不历聘解》）

垂日月所以为天也，光盛而形物於地，备礼乐所以成人也，言成而著训於简。非是而光者，烛龙爝火亦光矣。非是而言者，狂童诐子亦言矣。故定曰天文，曰人文。自文而之於地之於简者章也。然而文在帝则简在史，是以尧文思章於典，舜文明亦章於典。文王性尧、舜之文也，治於西伯，章於《诗》《易》。仲尼性尧、舜、文王之文，而弗帝弗伯也，盛章于《礼》《乐》经记。回性仲尼之文也，文不及章。偃、商学仲尼文而之于人也，故乐章武城民而经章魏国君。伋性其祖者也，参以学而章于《中庸》。轲性伋者也，勤其道而章于七篇。由偃至轲，无有礼乐者乎，是必由人文而章者也，未见不由而章者也。人视影於地者，仰而见爝火，而不见日月，必曰非天文之章也。视辞章於简者，久而见狂滥，而不见礼乐，则不曰非人文之章也，漫有不自文而章。《易》曰："观乎人文，以化成天下。"使章不自人文也，天下孰观而孰化。（韦筹《文之章解》）

舜禹之代，象刑而人不敢犯。言象刑者，以赭以墨，染其衣冠，异其服色，凡为三等。及秦法苛虐，方用肉刑。锯凿棰朴，楚毒毕至，而人犯愈多，俗益不治。其故何也？非徒上古淳朴，人易为化，亦由圣智玄远，深得其理故也。夫法过峻则犯者多，犯者多则刑者众，刑者众则民无耻，民无耻则虽日劓之刖之，笞之扑之，而不为畏也。何以知其然耶？夫九人冠而一人髡，则髡者慕而冠者胜。九人髡而一人冠，则冠者慕而髡者胜。民不知冠之髡之为胜，但见众而为慕矣。今免者多而刑者少，人尚慕其多矣。及刑者多而免者少焉，以少为胜乎？故曰：法过峻则犯者多，犯者多则刑者众，刑者众则民无耻，民无耻则虽日劓之刖之，笞之扑之，而不为畏也。凡民之心，知恣其所为，而不知戒其所失。令辱而笞之，不足以为法也。何者？盖笞绝则罪释，痛止则耻灭，耻灭则复为其非矣。故不足以为法也。虞舜染其衣冠，异其服色，是罪终身不释，耻毕世不灭，岂特已以为耻也？人之见之者，皆以为耻也，皆以为戒也。愚故曰非徒上古淳朴，人易其化，亦由圣智元邈，深得其理故也。（沈颜《象

刑解》）

　　匠刀者不必自用割，匠弓者不必自用射，善为器而已。善割者不必善匠刀，善射者不必善匠弓，善用人之器而已。庖丁岂自锻而後操之耶？由基岂自斫而後射之耶？然则匠刀者不嫉庖丁之解，匠弓者不嫉由基之中。业已之为器，而惧刃之不利，弦之不劲也。我器既利既劲，称彼之用，是器得其所，又何嫉哉？萧张为汉之器，既利既劲矣。不嫉汉祖之能刃我而解羽，弦我而中羽，天下是业已之为器也。反是者所谓已匠刀不欲人之善割，已匠弓不欲人之善射，然则器安适乎？范增之器也，既利既劲矣，鸿门之言不用。羽非善割善射者，终不能用其器也。是器岂嫉人也哉？痛哭之失其所也。是言也，不足为儒者道，用警乎贪民嫉上之臣也。（程晏《工器解》）

　　湣滩岁，越垠旷旱，塞诸阳，迁市不雨。祈山川庶神又不雨，觞土龙舞巫觋愈不雨。或言邦有术人，能捕退龙而噪之。昔岁尝然，农剩其泽。及召术人至，而旱色如故。太守怒，亟命擒之，术人遁去矣。其遗橐有书一幅，目曰人旱。旱有三，曰天旱、国旱、人旱。曷为天旱？塞阳肆凶，下土祗慎，虽六七岁，黎人不饥。曷为国旱？君道炽灾，德涸仁枯，贪风暴气，蒸为时疠。曷为人旱？邦毁其政，吏贼其行，千里人心，燥不为阴。夫天旱求诸仁，仁洽而时丰。国旱求诸德，德润而泽流。人旱求诸政，政清而俗阜。今货游于上，刑黩于下。百姓焦愁，结成恨暑，所谓人旱者也。邦守不清其政，而逮龙货雨，是犹乘樾适海，羖羊望翼，于何可冀乎！太守得书增怒。是岁自正月不雨至于五月。明年殍死者数千人，而太守亦以财祸。（盎均《人旱解》）

　　或曰："贵与富在我而已，以智求之则得之，不求则不得也，何命之为？"或曰："不然。求之有不得者，有不求而得之者，是皆命也，人亶何为？"二子出，或问曰："二者之言，其孰是也？"对曰：是皆陷人於不善之言也。以智而求之者，盗耕人之田者也；皆以为命者，弗耕而望收者也，吾无取焉。尔循其方，由其道，虽禄之以千乘之富，举而立诸卿大夫之上，受而不辞。非曰贪也，私於己者寡，而利於天下者多，故不辞也。何命之有焉？如取之不循其道，虽一饮之细也，犹不可受，况富贵之大耶？非廉也，利於人者鲜，而贼於道者多，故弗为也。何智之有焉？然则君子之术，其亦可知也。（李翱《命解》）

　　或曰：申恒何仇而叛？解曰：盗贼富豪仇乎？且悕其财而强索之，若冤其主也。申习盗,恒习贼,差乎?解曰:害财曰盗,以盗害人曰贼。天下有士家之有纨粟也,天下有相家之有子弟也。申凭叶县,非盗欤?恒惊宰相,非贼欤?或曰:有盗一金,费十金而可捕,为之乎?有贼一夫,杀十夫而可磔,行之乎?今三年兵之,非十金而捕,如费何?万人死之,非十夫而磔,如杀何?解曰:以金为轻而不捕,则穷人家家谋盗矣,富人家家遇盗矣;以一夫为寡而不磔,则壮夫人人为贼矣,懦夫人人被贼矣。是故尽天下之盗者,三年为蚤也;胜天下之贼者,万人为少也。或曰:吾闻寡夫重闭,盍键乎?解曰:天雨垣败,盗贼乘之,门之闭耶?曰:以彼习叛之巧也,赎而吏之何如?解曰:盗贼欲巧,吏不欲扰,如赎娼而为妻也。为娼且淫,为妻且禁乎?(李甘《叛解》)

为国者同於理身,身或不和,则药石之,针灸之。若夫扶疾而不攻,疾病则毙,扶之者尸也。齐随之亡也,以贞於终始为惑,苟而无耻为明,慢于事职为高贤,见义不为为长者。绳违用法,则附强而溃弱也;议於得失,则异寡而同众也。尚学希古谓之诞,趣便中时谓之工,观其燥湿而轻重之,侯其成败而褒贬之。肉食之尊,以滋味糊其口,忍危亡而佻禄利。自是而下,则曰上司犹如之,我於国何主?设能愤发,则逆为备豫,动开关束,阃气沮志衰,志亦从以化。幸於生者,炎炎而四合;死於正者,求援而无继。麒麟悲鸣,凤鸟垂翅,鸱鼓害翼,犬呀毒喙,则蛇虺虎狼之徒,其可向耶?嗟乎!心腹支体一也,为病者万焉,虽有岐缓而不请,岐缓视之而不救。噫!齐隋不亡,得哉!反是而理,则王道易易也。(李华《国之兴亡解》)

盛均《仲尼不历聘解》对学者之共识有疑,并大胆提出自己的观点;韦筹的《文之章解》则就"文"与"章"的关系进行了论述,提出"文"与"章"不可偏废也;沈颜《象刑解》反对以酷刑治民;程晏《工器解》、盛均《人旱解》告诫统治者要行"仁政""德政";李翱《命解》论富贵、李甘《叛解》论盗,皆是短篇杂论。另外,李华《国之兴亡解》一文较有特点,讲医和说服晋王放弃谋秦一事。其行文采用赋的手法,铺张排比,有仿汉赋的痕迹,但已经在向散体单行的杂论文方向转变,此文可以看作一篇辞赋体的杂论文。

古者以死为归也。然则岂死者皆得归哉?故有凶肆之徒,压溺而毙,贪暴之辈,刑戮以亡,谓之不得其死。不得其死,是不得所归也。父母全而生之,子全而归之。不亏其身,不辱其亲,是得所归矣。所归者犹有数品焉:有跛躄而归者，有困穷而归者，有忧鞠而归者，有暇豫而归者，有荣显而归者，有欣喜而归者。佞媚於生前而得其死者，跛躄而归也。愚鄙於生前而得其死者，困穷而归也。强暴於生前而得其死者，忧鞠而归也。三者皆茀其归路也。正直於生前得其死者，暇豫而归也。敏达於生前得其死者，荣显而归也。仁惠於生前得其死者，欣喜而归也。三者皆坦其归路也。呜呼！公昔有遗德於其生前矣，而今之归也，岂有跛躄困穷忧鞠之苦，而无暇豫荣显欣喜之逸哉？

公归之道光矣！予感公之知，独来吊，作归解。或曰："子不识彭阳公而云知，岂诬也哉？"曰："公尹洛礼陈商，为郓荐蔡京，莅京辟李商隐。予偶不识公耳，公之知予，如春潦之奔壑，夏云之得龙，秋弧之发矢，冬炉之纳火，势岂後於三子哉！是则公亦知予者也，何必识然後知。乃曰：之知也，在道之相望尔。昔殷汤与周公不相识，孔子与周公不相识，孟轲与孔子不相识，扬雄与孟轲不相识，韩愈与扬雄不相识，果不相知哉？伊尹与夏桀相识，比干与殷纣相识，果相知哉？今天下大国之侯，小国之伯，予常识之矣！目且相视，言亦相交，岂得为余知也哉？"予感叹碑下，归解於是书之。（朱阅《归解书彭阳公碑阴》）

朱阅《归解书彭阳公碑阴》一文则与上述文章不同，全文分两部分：前一部分论人之归（死）有多种，其中"正直于生前而得其死者，暇豫而归也；敏达於生前而得其死者，荣显而归也；仁惠於生前而得其死者，欣喜而归也"；后一部分则赞扬彭阳公知人善荐，成人之美，表达自己识于彭阳公之荣幸。此文实为一篇碑阴文，徐师曾认为，碑阴文亦唐始有之，[①] 但从文章的前一部分看，又似"解"体，故姚铉将其作为一篇"解"体文。从这篇文章也可以看出当时文体融合的情况。

以上十篇文章，除朱阅《归解书彭阳公碑阴》一文当为"碑阴文"体外，其余均可归为"解"体。徐师曾说，"按字书云：'解者，释也，因人有疑而解释之也。'扬雄始作《解嘲》，世遂仿之。其文以辩释疑惑、解剥纷难为主，与论、说、议、辩，盖相通焉。其题曰解某，则惟其人命之而已。雄文虽谐谑回环，见讥正士，而其词颇工，且以其为此体之祖也，故亦取焉。"钱

---

① 见徐师曾《文体明辨序说·碑阴文》，《文体明辨序说》，徐师曾著，罗根泽校点，人民文学出版社，1962年8月第1版，页145。

穆先生亦认为："解亦犹之说也，此等皆当属杂说。"①

十、说

《唐文粹》"古文"的第十类为"说"，共收十位作者，二十四篇文章。

柳宗元共有《天说》《朝日说》《褚说》《捕蛇者说》《说鹘》五篇文章入选此类。

韩愈谓柳子曰："若知天之说乎？吾为子言天之说。今夫人有疾痛、倦辱、饥寒甚者，因仰而呼天曰：'残民者昌，佑民者殃！'又仰而呼天曰：'何为使至此极戾也！'若是者，举不能知天。夫果蓏、饮食既坏，虫生之；人之血气散败逆壅底，为痈疡、疣赘、瘘痔，亦虫生之；木朽而蝎中，草腐而萤飞，是岂不以坏而后出耶？物坏，虫由之生；元气阴阳之坏，人由之生。虫之生而物益坏：食啮之，攻穴之，虫之祸物也滋甚。其有能去之者，有功于物者也；繁而息之者，物之仇也。人之坏元气阴阳也亦滋甚：垦原田，伐山林，凿泉以井饮，窾墓以送死，而又穴为偃溲，筑为墙垣、城郭、台榭、观游，疏为川渎、沟洫、陂池，燧木以燔，革金以镕，陶甄琢磨，悻然使天地万物不得其情；悻悻冲冲，攻残败挠而未尝息；其为祸元气阴阳也，不甚于虫之所为乎？吾意有能残斯人使日薄岁削，祸元气阴阳者滋少，是则有功于天地者也；繁而息之者，天地之仇也。今夫人举不能知天，故为是呼且怨也。吾意天闻其呼且怨，则有功者受赏必大矣，其祸焉者受罚亦大矣。子以吾言为如何？"

柳子曰："子诚有激而为是耶？则信辩且美矣。吾能终其说。彼上而玄者，世谓之天。下而黄者，世谓之地。混然而中处者，世谓之元气。寒而暑者，世谓之阴阳。是虽大，无异果蓏、痈痔、草木也。假而有能去其攻穴者，是物也，其能有报乎？繁而息之者，其能有怒乎？天地，大果蓏也。元气，大痈痔也。阴阳，大草木也。其恶能赏功而罚祸乎？功者自功，祸者自祸，欲望其赏罚者大谬矣；呼而怨，欲望其哀且仁者，亦大谬矣。子而信子之仁义以游其内，生而死尔，乌置存亡得丧于果蓏、痈痔、草木耶？"（柳宗元《天说》）

---

① 见《杂论唐代古文运动》，《中国学术思想史论丛》（四），钱穆著，东大图书有限公司（台湾），1978年版，页51。

《天说》针对韩愈"知天"之说，指出："彼上而玄者，世谓之天；下而黄者，世谓之地；混然而中处者，世谓之元气；寒而暑者，世谓之阴阳。是虽大，无异果蓏、痈痔、草木也。假而有能去其攻穴者，是物也，其能有报乎？繁而息之者，其能有怒乎？天地，大果蓏也。元气，大痈痔也。阴阳，大草木也。其恶能赏功而罚祸乎？功者自功，祸者自祸，欲望其赏罚者大谬；呼而怨，欲望其哀且仁者，亦大谬矣。子而信子之仁义以游其内，生而死尔，乌置存亡得丧于果蓏、痈痔、草木耶！"这就与天命观划清了界线。

韩愈对于"天人关系"的理解更多地继承了汉儒观念。西汉时期，以董仲舒为代表的儒家学者提出"天人感应"之说，认为天有意志，人道与天道一旦逆忤，上天就会做出惩罚，而当人道顺应了天道的时候，上天也会以各种自然形式做出嘉奖。这种理论在演变中逐步哲学化，将天的意志与元气、阴阳等概念相符合，使上天赏功罚祸的学说形成系统。韩愈在这篇文章中的阐述就是以上论点的具体化：瓜果饮食腐坏，便生虫，人的气血拥塞不畅，便长毒疮肿瘤，也会生虫，树木腐朽便会生蛀虫，野草腐烂了变出飞萤，这都是因为东西先坏掉才生的虫，而元气、阴阳一旦坏掉，人就由此产生了，这种看似荒谬无极的道理其实是从天人对立的观念中派生出来的，韩愈认为：天地间阴阳、元气都有其自生自灭的内在规律，人为地垦田、伐林、凿井、掘墓、修建城郭、筑造亭台、开辟观楼别馆、疏导水道河渠、钻木取火、冶炼金属、制造陶瓦器皿等行为，都是不择手段地戕毁天地精华，使万物不能按其本来情势生长，如此频繁发生，对于元气、阴阳的祸害，不是比虫子损物更厉害吗？基于上述认识，韩愈对当时社会中普遍存在的怨怼情绪做出了自己的解释：这都是因为不知天命、不通晓天道的结果，假如上天有灵，也只能给有功者更多奖赏，而给危害它的人更大惩罚罢了。韩愈的这段论述，从天道而至人道，又从人道反证天道，层层递进，确能自圆其说。

针对韩愈这段因循轮转的感应之说，柳宗元提出了自己的驳论。首先，他明确了天、地、元气、阴阳四个重要概念的界定：那一片在上的青色叫作天，那一片在下的黄色叫作地，茫茫处于天地之间的是元气，天气寒暑变化就叫作阴阳，这些东西大虽大，却和瓜果、痈痔、草木没有什么不同。至此为驳论的第一层，这一层涉及的范畴全是韩愈已经论述到的，但柳宗元却比韩愈更肯定、更直接地下了一个结论：世界是物质的。在这个大前提下，柳宗元展开自己的论证过程：假若谁能把瓜果等物上的虫子除掉，这些"物"能对人做出什么报答吗？假若谁促使这些虫子繁殖生长，这个"物"又能对谁发怒吗？天地，如同大瓜果；元气，如同大痈痔；阴阳，如同草木；它们又怎能赏功罚祸呢？有功的是自己得功，遭祸的是自己招祸，希冀天地、元气、阴阳来赏功罚祸，是极端荒谬的，呼天怨地，想得到上天的怜悯仁慈，那岂不是更加荒谬吗？在上述一层里，柳宗元集中表现了自己本乎自然的客观唯物主义倾向，上溯其思想渊源，与道家哲学有密切联系，而且将先秦时沿袭下来的道家自然观加以引申，使之更切近于人事。文中运用形象生动的比喻，言简意赅，顺理成章地引入第三层——作者的态度：如果相信你的仁义而把它当作行动的规范。那么你就为你的仁义而生、为你的仁义而死好了，又怎能把存亡得失的原因归于同瓜果、痈痔、草木一样无意志的"天"呢？全文至此结束，柳宗元的驳论笔墨不多，却以理服人，同样成为有代表性的一家之说。

有鸷曰鹘者，巢于长安荐福浮图有年矣。浮图之人，室干其下者，伺之甚熟，为余说之曰："冬日之夕，是鹘也，必取鸟之盈握者完而致之，以燠其爪掌，左右易之，旦则执而上浮图之跂焉者。纵之，延其首以望，极其所如往，必背而去焉。苟东矣，则是日也不东逐；南北亦然。

呜呼！孰谓爪吻毛翮之物而不为仁义器耶？是故无号位爵禄之欲，里闾亲戚朋友之爱也，出乎觳卵，而知攫食决裂之事尔，不为其他。凡食类之饥，唯旦为甚，今忍而择之，以有报也，是不亦卓然有立者乎？用其力而爱其死以忘其饥，又远而违之，非仁义之道耶？恒其道，一其志，不欺其心，斯固世之所难得也。

余又疾夫今之说曰："以煦煦而默，徐徐而俯者善之徒；以翘翘而厉，炳炳而白者暴之徒。"今夫枭鸺晦于昼而神于夜；鼠不穴寝庙，循墙而走，是不近于煦煦者耶？今夫鹘，其立趯然，其动骞然，其视的然，其鸣革然，是不近于翘翘者耶？由是而观其所为，则今之说为未得也。孰若鹘者，吾愿从之。毛耶翮耶，胡不我施？寂寥太清，乐以忘饥。（柳宗元《说鹘》）

柳子为御史，主祀事。将朝日，其僚问曰："古之名曰朝日而已，今而曰祀朝日，何也？"余曰："古之说者，则朝拜之云也。今而加祀焉，则朝旦之云也。今之所云非也。"问者曰："以夕而偶请朝，或者今之是乎？"余曰："夕之名，则朝拜之偶也。古者旦见曰朝，暮见曰夕，故《诗》曰：'邦君诸侯，莫肯朝夕。'《左传》曰：'百官承事，朝而不夕。'《礼记》曰：'日入而夕。'又曰：'朝不废朝，暮不废夕。'晋侯将杀竖襄，叔向夕。楚子之留干溪,右尹子革夕。齐之乱,子我夕。赵文子薨其椽,张老夕。智襄子为室美,士茁夕。皆暮见也。《汉仪》夕则两郎向琐闱拜,谓之夕郎。亦出是名也。故曰大采朝日,少采夕月。又曰春朝朝日,秋夕夕月。若是之类足矣。又加祀焉,盖不学者为之也。"僚曰:"欲子之书其说,吾将施于世,可乎?"余从之。(柳宗元《朝日说》)

柳子为御史,主祀事。将禘,进有司以问禘之说,则曰:"合百神于南郊,以为岁报者也。先有事,则质于户部。户部之辞曰旱于某,水于某,虫蝗于某,疠疫于某,则黜其方守之神,不及以祭。"余尝学《礼》盖思而得之,则曰:"顺成之方,其禘乃通。"若是,古矣。继而叹曰:神之貌乎,吾不可得而见也;祭之飨乎,吾不可得而知也。是其诞漫惝恍,冥冥焉不可执取者。夫圣人之为心,必有道而已矣,非于神也,盖于人也。以其诞漫惝恍,冥冥焉不可执取,而犹诛削若此,况其貌言动作之块然者乎?是设乎彼而戒乎此者也,其旨大矣。

或曰:"若子之言,则旱乎、水乎、虫蝗乎、疠疫乎,未有黜其吏者,而神黜焉,而曰'盖于人'者,何也?"余曰:"若子之云,旱乎、水乎、虫蝗乎、疠疫乎,岂人为之耶?故其黜在神。暴乎、毛乎、沓贪乎、罢弱乎,非神为之也,故其罚在人。今夫在人之道,则吾不知也。不明斯之道,而存乎古之数,其名则存,其教之实则隐。以为非圣人之意,故叹而云也。"

曰:"然则致雨反风,蝗不为灾,虎负子而趋,是非人之为则何以?"余曰:"子欲知其以乎?所谓偶然者信矣。必若人之为,则十年九潦、八年七旱者,独何如人哉?其黜之也,苟名乎教之道,虽去古之数可矣。反是,则诞漫之说胜,而实名之事丧,亦足悲乎!"(柳宗元《禘说》)

永之野产异蛇:黑质而白章,触草木尽死;以啮人,无御之者。然得而腊之以为饵,可以已大风、挛踠、瘘疠,去死肌,杀三虫。其始太医以王命聚之,岁赋其二。募有能捕之者,当其租入。永之人争奔走焉。

有蒋氏者,专其利三世矣。问之,曰:"吾祖死于是,吾父死于是,今吾嗣为之十二年,几死者数矣。"言之貌若甚戚者。余悲之,且曰:"若毒之乎?余将告于莅事者,更若役,复若赋,则何如?"蒋氏大戚,汪然出涕,曰:"君将哀而生之乎?则吾斯役之不幸,未若复吾赋不幸之甚也。向吾不为斯役,则久已病矣。自吾之三世居是乡,积于今六十岁矣。而乡邻之生日蹙,殚其地之出,竭其庐之入。号呼而转徙,饥渴而顿踣。触风雨,犯寒暑,呼嘘毒疠，往往而死者，相藉也。曩与吾祖居者，今其室十无一焉。与吾父居者，今其室十无二三焉。与吾居十二年者，今其室十无四五焉。非死而徙尔，而吾以捕蛇独存。悍吏之来吾乡，叫嚣乎东西，隳突乎南北；哗然而骇者，虽鸡狗不得宁焉。吾恂恂而起，视其缶，而吾蛇尚存，则弛然而卧。谨食之，时而献焉。退而甘食其土之有，以尽吾齿。盖一岁之犯死者二焉，其余则熙熙而乐，岂若吾乡邻之旦旦有是哉。今虽死乎此，比吾乡邻之死则已后矣，又安敢毒耶？"

余闻而愈悲，孔子曰："苛政猛于虎也！"吾尝疑乎是，今以蒋氏观之，犹信。呜呼！孰知赋敛之毒有甚是蛇者乎！故为之说，俟夫观人风者得焉。（柳宗元《捕蛇者说》）

《说鹘》针对中唐酷吏罗织、奸臣擅权、朋党相轧的严酷现实，以鹘为喻，对当时险恶的人际关系进行了讽刺。《朝日说》言"古之朝日"与"今之祀朝日"之别。《褉说》亦表明其重人之罚而轻神之责的观点。《捕蛇者说》一文组织得非常紧密精练，先写蛇的剧毒，再写捕蛇的危险，然后指出赋敛甚于毒蛇，自然推于"苛政猛于虎"的结论。在表现手法上，对比和反衬运用得非常出色。

古之学者必有师。师者，所以传道受业解惑也。人非生而知之者，孰能无惑？惑而不从师，其为惑也，终不解矣。生乎吾前，其闻道也固先乎吾，吾从而师之；生乎吾后，其闻道也亦先乎吾，吾从而师之。吾师道也，夫岂知其年之先后生于吾乎？是故无贵无贱，无长无少，道之所存，师之所存也。

嗟乎！师道之不传也久矣！欲人之无惑也难矣！古之圣人，其出人也远矣，犹且从师而问焉；今之众人，其去圣人也亦远矣，而耻学于师。是故圣益圣，愚益愚。圣人之所以为圣，愚人之所以为愚者，其皆出于此乎？爱其子，择师而教之；于其身也，则耻师焉，惑矣。彼童子之师，授之书而习其句读者，非吾所谓传其道解其惑者也。句读之不知，惑之不解，或师焉，或不焉，小学而大遗，吾未见其明也。巫医乐师百工之人，不耻相师。士大夫之族，曰师曰弟子云者，则群聚而笑之。问之，则曰："彼与彼年相若也，道相似也。位卑则足羞，官盛则近谀。"呜呼！师道之不复可知矣。巫医乐师百工之人，君子不齿，今其智乃反不能及，其可怪也欤！

圣人无常师。孔子师郯子、苌弘、师襄、老聃。郯子之徒，其贤不及孔子。孔子曰：三人行，则必有我师。是故弟子不必不如师，师不必贤于弟子，闻道有先后，术业有专攻，如是而已。

李氏子蟠，年十七，好古文，六艺经传皆通习之，不拘于时，请学于余。余嘉其能行古道，作师说以贻之。（韩愈《师说》）

韩愈《师说》文章开篇即提出观点："古之学者必有师。师者，所以传道受业解惑也。"其立论根据有三：一则曰"圣人无常师"，认为"圣人"不仅不是无师自通，而且要广取师资；二则曰"巫医乐师百工之人，不耻相师"，与"士大夫之族"耻相师作比；三则进一步说"弟子不必不如师，师不必贤于弟子，闻道有先后，术业有专攻，如是而已。"作者以道自任，以师自处，慨叹师道之不传，故以此倡导后学。文章气势流转，错综变化，语言通俗明白，"文从字顺"，确为韩愈杂论文的代表作。故《全唐文纪事》评论此文："提一'道'字为主，识解最高，而用笔尤其古峭。"① 这篇文章是针对门第观念影响下"耻学于师"的坏风气写的。门第观念源于魏晋南北朝的九品中正制，自魏文帝曹丕实行九品中正制后，形成了以士族为代表的门阀制度，重门第之分，严士庶之别。士族子弟凭高贵的门第就可以做官，不需要学习，也看不起老师，他们尊"家法"而鄙从师。到唐代，九品中正制被废除了，改以官爵的高下为区分门第的标准。这对择师也有很大的影响，在当时士大夫阶层中，就普遍存在着从师"位卑则足羞，官盛则近谀"的心理。韩愈反对这种错误的观念，提出以"道"为师，"道"在即师在，这是有进步意义的。与韩愈同时代的柳宗元在《答韦中立论师道书》中说："今之世，不闻有师，有辄哗笑之，以为狂人。独韩愈奋不顾流俗，犯笑侮，收召后学，作《师说》，因抗颜而为师。世界群怪聚骂，指目牵引，而增与为言辞。愈以是得狂名，居长安，炊不暇熟，又挈挈而东，如是者数矣。"由此可以看出《师说》的写作背景和作者的斗争精神。

对耻学于师，文章连续用了三个对比：第一，古今对比，阐明耻学于师违背圣人之道，其后果只能是更加愚昧。第二，将同一个人既明于择师教子的必要，却又不明于自己从师的必要这两种完全矛盾的做法加以对比，以子之矛攻子之盾，揭示那些人确实糊涂、不通道理。第三，巫医、乐师、百工之人与

---

① 见《全唐文纪事》卷首《圣祖仁皇帝御制文三集》，［清］陈鸿墀纂，上海古籍出版社，1987年10月新1版，页20。

士大夫之族的对比，进一步道出士大夫的错误心理，发人深省地指出两种人的地位与智能的反差，更令人幡然醒悟。

龙嘘气成云，云固弗灵于龙也。然龙乘是气，茫洋穷乎无间，薄日月，伏光景，感震电，神变化，水下土，汩陵谷：云亦灵怪矣哉！云，龙之所能使为灵也，若龙之灵，则非云之所能使为灵也。然龙弗得云，无以神其灵矣，失其所凭依，不可与异哉！其所凭依，乃其所自为也。《易》曰："云从龙。"既曰龙，云从之矣。

善医人者，不视人之肥瘠，察其脉之病否而已矣；善计天下者，不视天下之安危，察其纪纲之理乱而已矣。天下者，人也；安危者，肥瘠也；纪纲者，脉也。脉不病，虽瘠不害；脉病而肥者，死矣。通于此说者，其知所以为天下乎！夏殷周之衰也，诸侯作而战伐日行矣。传数十王而天下不倾者，纪纲存焉耳。秦之王天下也，无分势于诸侯，聚兵而焚之，传二帝而天下倾者，纪纲亡焉耳。是故四支虽无故，不足恃也，脉而已矣；四海虽无事，不足矜也，纪纲而已矣。忧其所可恃，惧其所可矜，善医善计者，谓之天扶与之。《易》曰："视履考祥。"善医、善计者为之。

谈生云《崔山君传》，称鹤言者，岂不怪哉！然吾观于人，其能尽其性而不类于禽兽异物者希矣。将愤世嫉邪，长往而不来者之所为乎？昔之圣者，其首有若牛者，其形有若蛇者，其喙有若鸟者，其貌有若蒙倛者：彼皆貌似而心不同焉，可谓之非人邪？即有平胁曼肤，颜如渥丹，美而很者，貌则人矣，其心则禽兽，又恶可谓之人也？然则观貌之是非，不若论其心与其行事之为不失也。怪神之事，孔子之徒不言。予将特取其愤世嫉邪而作之，故题之云尔。

世有伯乐，然后有千里马。千里马常有，而伯乐不常有。故虽有名马，祗辱于奴隶人之手，骈死于槽枥之间，不以千里称也。马之千里者，一食或尽粟一石。食马者不知其能千里而食也；是马虽有千里之能，食不饱，力不足，材美不外见，欲与常马等不可得，安求其能千里也？策之不以其道，食之不能尽其材，鸣之而不能通其意，执策而临之曰："天下无良马。"呜呼！其真无马邪？其真不知马也！（韩愈《杂说四首》）

韩愈的《杂说四首》皆是托物寓意的随感式议论文。《杂说一》以云龙作比喻，有五层意思：龙嘘气生云，龙得云则变化无穷，龙失云则毫不神异，云的有无全靠龙自己创造，真正的龙一定会有云跟从。清人李光地评论此文说："此篇取类至深，寄托至广。精而言之，如道义之生气，德行之发为事业文章；大而言之，如君臣之遇合，朋友之应求，圣人之风之兴起百世：皆是也。"①《杂说二》将"善医人者"与"善计天下者"作比，说明天之存亡与纪纲之存亡密切相关。《杂说三》则论辩圣者、人或兽不应以貌美为是，当"论其心与其行事之可否为不失也"。《杂说四》借千里马之不遇伯乐来说明奇才异能之士多沉沦下僚，感慨统治者不能加以识别和任用，而且指责人才不出、政治混乱是由当权者造成的。

鬻腐帛而火焚者，人闻之，必递相惊曰："家之何处烧衣邪？"委馀食而在地者，人见之，必递相骇曰："家之何处弃食邪？"烧衣易惊，弃食易骇，以其衣可贵而食可厚，不忍焚之弃之也。然而不知家有无用之人，厩有无力之马。无用之人服其衣，与其焚也何远？无力之马食其粟，与其弃也何异？以是焚之，以是弃之，未尝少有惊骇者。公孙弘为汉相，盖布被，是惊家之焚衣也，而不能惊汉武国恃奢服。晏子为齐相，豚肩不掩豆，是骇家之弃食也，而不能骇景公之厩马千驷。（来鹄《俭不至说》）

农民将有事于原野，其老曰："遵故实以全，其秋庶可望矣。"乃具所嗜，为兽之，羞祝而迎曰："鼠者，吾其猫乎！豕者，吾其虎乎！"其幼戚曰："迎猫，可也；迎虎，可乎？豕盗于田，逐之而去，虎来无豕，馁将若何？抑又闻，虎者，不可与之全物，恐其决之之怒也；不可与之生物，恐其杀之之怒也。如得其豕，生而且全，其怒滋甚。射之攫之，犹畏其来，况迎之邪？噫，吾亡无日矣！"或有决于乡先生，先生听然而笑曰："为鼠迎猫，为豕迎虎，皆为害乎食也。然而贪吏夺之，又迎何物焉？"由是知其不免，乃撤所嗜，不复议猫虎。（来鹄《猫虎说》）

狙氏子不得父术，而得鸡之性焉。其畜养者冠距不举，毛羽不彰，兀然若无饮啄意，洎见敌，则他鸡之雄也；伺晨，则他鸡之先也，故谓之天鸡。

狙氏死，传其术于子焉。且反先人之道，非毛羽彩错，嘴距铦利者，不与其栖，无复向时伺晨之俦、见敌之勇，峨冠高步，饮啄而已。吁！道之坏矣有是夫！（罗隐《说天鸡》）

一夫田，甲氏乙氏判而农之。乙氏粪其田，田善收。甲氏以为不善。

---

① 见《韩昌黎文集校注》第一卷《杂说一》补注，［唐］韩愈撰，马其昶校注，马茂元整理，上海古籍出版社，1986年12月第1版，页33。

守天地之和，风雨之絜，而不善收。噫！造化之功，不如粪土乎？（罗衮《田说》）

吾宁乎，奚宁？吾宁利也。利所趋也，所宁也。吾将为之所为也，吾岂为人之所为也哉！今是顽人，曾无不忍之心，然常独有忍心者，由害於利也。且谓蝼蚁大於麋鹿，则许之乎？声不许也。然人顾而遭蝼蚁，则迁足而活之，过而伤蝼蚁，则失声而痛之。顾而见麋鹿，则援弓而逐之，幸而中麋鹿，则失声而喜之。忍於大者，不忍於小者，何欤？麋鹿利於口腹也，蝼蚁不利也。故居於利，则虽麋鹿忍也；不居於利，则蝼蚁不忍也。然则羁於利而忍於麋鹿者，独小人邪？长人有甚焉！长人则果忍於人矣，乌有是哉！前有将官兵以诛恒蔡叛者，不十馀战而能杀万人则师喜，不能杀万人则师耻。岂翅忍乎？从有侈富而劫死者，有怨旷而奸死者，有饥寒而道路死者，有加兵死之数。今是长人，固有不忍之心，然独时有忍心者，亦由害於利也。是故利滋博者，忍滋多也。吾方与之角利，将在所不忍乎。故曰吾宁乎，奚宁？吾宁利也。如此，伮读倚咏，孳孳於策试者，宁而非邪？然吾之所宁，宁乎心也，不宁乎身。昔者赵狐正晋先盟五合诸侯，传曰生不及利，彼岂宁吾身哉。（李甘《宁利说》）

孙室季坏，其相更相语曰："不日不月，吾其晋臣乎？"有客前而语曰："相君不闻物之化者邪？蛇化为龙，龙之孙见蛇而笑之，谓'吾祖之世龙焉'。殊不知蟒之腥，尚存乎大泽之畔。家化为国，国之孙见家必笑之，谓'吾祖之世国焉'。殊不知耕稼之具，未朽於历山之下。盖由知龙而不知蛇，知国而不知家。噫！尧舜圣人也，丹均而不能嗣，而况吴以干戈而得邪？"相君喻而泣。（袁皓《吴相客说》）

先儒曰："瞽叟憎舜，使涂廪浚井，酖於觞酒，欲从而杀之。"舜谋於二女，二女教之以鸟工龙工药浴注豕，而後免矣。夫势之重，壮夫不能不畏。位之尊，圣人不得不敬。况舜婿於天子，顽嚚嫚戾者独不畏之，又从而杀之？且尧之妻二女帅九子观舜之德，舜反受教於女子，其术怪且如是，是不教人以孝道，教人以术免也。固尧使勖之，非观德也，何足以天下付？

邰侯姜女之生子也，始弃之，命之曰弃。宋芮司徒之生女也，始弃之，亦命之曰弃。邰弃为稷官，蒸民赖之。宋弃美而生佐，几移於宋国，名之同也奚伤。舜重瞳子，项羽亦重瞳子。形之类也奚病，择其道如何耳。

季札以乐卜，赵孟以诗卜，襄仲归父以言卜，子游子夏以威仪卜，沈尹戌以政卜，孔成子以礼卜。其应也如响，无他图，在精诚而已。不精诚者不能自卜,况吉凶他人乎?

《传》曰:"武王罢朝而袜系绝,顾左右,无可使结者。"卫褚师呼声子结袜而登席,汉廷尉为王生结袜,袜之有带,其来尚矣,今独亡之。呜呼!古之制亡者十八九,奚袜带之足云。

柳下季之妻诔其夫,门人不能窜一字。吕不韦作《春秋》,秦人不敢损一字。德与刑如何哉?(陆龟蒙《杂说五首》)

来鹄《俭不至说》一文批判弃食焚衣为俭的说法;《猫虎说》以猫、虎喻贪吏,可见出贪吏酷于一切禽兽。两文都以冷嘲笔法出之,讽刺十分尖刻。罗隐的《说天鸡》、罗衮的《田说》、李甘的《窜利说》也均以日常生活现象为喻,讽刺、批判社会不公的现象。袁皓《吴相客说》、陆龟蒙《杂说五首》则借史论事,都是有感而发之作。

元子於山中尤所耽爱者,有水乐。水乐是南磴之悬水,淙淙然,闻之多久,於耳尤便。不至南磴,即悬庭前之水,取欹曲窦缺之石,高下承之,水声少似,听之亦便。(元结《水乐说》)

文章短而辨丽可喜,可视为一篇山水杂记。与一般"说"体议论文章不同,归入"说"体似有些勉强。其《订司乐氏》承上文而来,"或有将元子《水乐说》于司乐氏",批评司乐氏非"全士",故不能欣赏"悬水淙石"之"五声"。

以上二十四篇文章,除元结《水乐说》当归入"记"体文外,其余二十三篇均为杂说性质的"说"体。关于"说"体,陆机《文赋》云:"说炜晔而谲诳。"[1] 另《文心雕龙·宗经》篇云:"故论说辞序,则《易》统其首。"[2]《文心雕龙·论说》篇云:"说者,悦也。兑为口舌,故言咨悦怿;过悦伪,故舜惊谗说。说之善者,伊尹以论味隆殷,太公以辨钓兴周;及烛武行而纾郑,端木出而存鲁,亦其美也。既战国争雄,辨士云踊;纵横参谋,长短角势;《转丸》骋其巧辞,《飞钳》伏其精术;一人之辨,重于九鼎之宝,

---

[1] 张少康《文赋集释》注引许文雨注曰,"李善注:'说以感动为先,故炜晔谲诳'"。按此须分别言之:"炜晔之说,既刘勰'言资悦怿'之谓,兼远符于时利义贞之义。而谲诳之说,刘勰独持忠信以肝胆献主之义,反驳陆说,不知陆氏述战国纵横家游说之诣也。"(见《文赋集释》,陆机著,张少康集释,人民文学出版社,2002年9月第1版,页119)

[2] 见《文心雕龙注》,刘勰著,范文澜注,人民文学出版社,1958年9月第1版,页22。

三寸之舌,强于百万之师;六印磊落以佩,五都隐赈而封……凡说之枢要,必使时利而义贞;进有契于成务,退无阻于荣身。自非谲敌,则唯忠与信,披肝胆以献主,飞文敏以济辞,此说之本也。"①

吴讷则认为:"说者,释也,述也,解释义理而以己意述之也。说之名,起自吾夫子之《说卦》,厥后汉许慎著《说文》,盖亦祖述其名而为之辞也。魏晋六朝文载《文选》,而无其体。独陆机《文赋》备论作文之义,有曰'说、炜烨而谲诳',是岂知言者哉!至昌黎韩子,悯斯文日弊,作《师说》,抗颜为学者师。迨柳子厚及宋室诸大老出,因各即事即理而为之说,以晓当世,以开悟后学,由是六朝陋习,一洗而无余矣。卢学士云:'说须自出己意,横说竖说,以抑扬详赡为上。'"②韩愈的《师说》是其文集中唯一的一篇"说"体文,也是其文章的代表作之一。柳宗元创作的"说体文"共有十一篇,《唐文粹》收入五篇,基本反映了其创作特色。

这些"说"体文章大多是一事一议,即借某种社会现象或社会问题提出精辟的见解;形式上则表现为叙议结合,叙是议的基础,议是核心。和《唐文粹》"论""议"两类文体的作品相比,其最大特点就是内容的变化。"论""议"两类文体的文章或以经义为主题,或为政论,或为史论,大都以朝廷庙堂内容为主。而《唐文粹》"古文"类的"说"所涉及的范围更广,内容更杂,显示了唐代古文运动的新变。正如钱穆先生在《杂论唐代古文运动》一文中所言:"然韩柳之倡复古文,其实则与真古文复异。一则韩柳并不刻意子史著述,必求为学术专家。二则韩柳亦不偏重昭令奏议,必求为朝廷文字。韩柳二公,实乃承于辞赋五七言诗盛兴之后,纯文学之发展,已达灿烂成熟之境,而二公乃站于纯文学之立场,求取融化后起诗赋纯文学之情趣风神以纳入于短篇散文之中,而使短篇散文亦得侵入纯文学之阃域,而确占一席地。故二公之贡献,实可谓在中国文学园地中,增殖新苗,其后乃蔚成林薮,此即后来之所谓唐宋古文是也。"③这种趋势发展到晚唐,愈来愈明显,"小品文"的兴盛就是

---

① 见《文心雕龙注》,刘勰著,范文澜注,人民文学出版社,1958年9月第1版,页328-329。
② 见《文章辨体序说·说》,吴讷著,于北山校点,人民文学出版社,1962年8月第1版,页43。
③ 见《中国学术思想史论丛·杂论唐代古文运动》(四),钱穆著,东大图书有限公司,1978年,页53。

其表现。

十一、评

《唐文粹》"古文"第十一类为"评",收两篇文章。

传曰:"子产聘晋,晋侯有疾,梦熊以为厉鬼。子产曰:'鲧之神化为黄熊,鲧为夏郊,三代祀之。晋为盟主,未之祀乎?'遂使祀之。"而杜预又注曰:"言周衰晋为盟主,得佐天子祀群神也。"曰:异乎吾之说也。若鲧为夏郊,三代祀之,即掌周礼者存焉。晋为主盟,岂天子祀典,宜诸侯而僭之邪?是不可祀之者一也。羽山又非晋望,是不可祀之者二也。鲧若为天下疠,即有天子太疠司其祀矣,是不可祀之者三也。若为一国之疠,即有侯东海者国疠司其祀矣,是不可祀之者四也。况祀为夏后,鲧有归祀,又不为疠,是不可祀者五也。子产言崇疠之事有二,吾取其一焉。言实沈台骀之祟,吾取之矣。黄熊之疠,吾不敢闻。晋侯方疾,其或荒邪内作,偶梦色象之一物,谓之黄熊。安可执加鲧厉而为昏越之祀哉?(程晏《祀黄熊评》)

程晏《祀黄熊评》举晋侯梦黄熊于寝门,以为鲧之厉鬼而祀之一事,论不可祀有五也,其主题与柳宗元的《非国语·黄熊》条相同,即"凡人之疾,魄动而气荡,视听离散,于是寐而有怪梦,罔不为也,夫何神奇之有?"[1]

班固称弘羊擢於贾竖,方以版筑饭牛;且谓汉之得人,於兹为盛。又与仲舒、石建、汲黯、日磾等二十馀人,并论而谈,殆不然矣。

夫君人者,务於得贤,故不隔卑鄙。将虑贤者之处贱,不谓贱者之必贤。古者乃欲以伊尹负鼎,取类於庖人;太公坐钓,求备於渔叟。不亦远哉!且上之所欲,人必有成之者,故曹伯好田,则公孙彊出;陈侯好色,则仪行父至;殷辛淫酗,则恶来革进;周厉贪虐,则荣夷公起;汉武残剥四海,则桑弘羊擢。其所由来者久矣。《书》曰:"逊于汝志,必求诸非道。"抑为此也。季孙用田赋,孔子书而过之,以其逾周公之制也。而况攘臂抵掌,力为天下聚敛之人乎!义也者,君子所死生,而小人之所不及;利也者,小人之所赴蹈,而君子之所不忍为。汉武必欲行先王之道,守高祖之法,则焉用弘羊?欲夺万姓之利,闭生人之资,则天下市籍小人,皆能之矣,亦何独弘羊乎?善为

---

[1] 见《柳宗元集》第四十五卷《非国语》下,中华书局,1979年10月第1版,页1319。

盗者，艺愈精而罪愈重，盗愈利而主愈害。弘羊善心计，斡盐铁，析秋毫，令吏坐贩，不顾王者之体。府库盈而王泽竭，一身幸而四海穷，于弘羊之计则得矣。汉亦何负于弘羊哉！

卜式洁已自守，不及时政，知弘羊罪，欲烹以致雨。孟坚躬修国史，垂法来代，奈何以锥刀异类，齿得人之论，一言不智，其若是乎！（张彧《汉史赞桑弘羊评》）

张彧《汉史赞桑弘羊评》一文借"班固称弘羊擢於贾竖，方以版筑饭牛，且谓汉之得人，於兹为盛"一事，认为汉武帝用桑弘羊，实乃"欲夺万姓之利，闭生人之资"，以史论世，"则天下市籍小人，皆能之矣，亦何独弘羊乎"？

此二文皆为史评。按《文体明辨序说》云，"按字书云：'评、品论也，史家褒贬之词。'盖古者史官各有论著，以订一时君臣言行之是非。然随意命名，莫协于一，故司马迁《史记》称太史公曰，而班固《西汉书》则谓之赞，范晔《东汉书》又谓之论，其实皆评也。而评之名则始见于《三国志》。后世缘此，作者渐多，则不必身在史局，手秉史笔，而后为之矣。故二评载诸《文粹》（《唐文粹》）。而评史见于《苏文忠公集》中，盖文章之一体也。今以陈寿史评为主，而他作者亦并列焉。分为史评、杂评二品云"①。则此"评"体，即《文选》之"史论"。但它们在内容上的创新之处也很明显，这种"史评"，名为评史，其实重在论世，以针砭时弊、刺世疾邪为主。

十二、符 命

《唐文粹》"古文"的第十二类为"符命"，收入柳宗元《贞符》一文。

负罪臣宗元惶恐言：臣所贬州流人吴武陵为臣言："董仲舒对三代受命之符，诚然非邪？"臣曰："非也。何独仲舒尔！自司马相如、刘向、扬雄、班彪、彪子固，皆沿袭嗤嗤，推古瑞物以配受命。其言类淫巫瞽史，诳乱后代，不足以知圣人立极之本，显至德，扬大功，甚失厥趣。"

---

① 见《文体明辨序说·评》，徐师曾著，罗根泽校点，人民文学出版社，1962年8月第1版，页143。

臣为尚书郎时，尝著《贞符》，言唐家正德受命於生人之意，累积厚久，宜享年无极之义，本末闳阔。会贬逐中辍，不克究备。武陵即叩头邀臣："此大事，不宜以辱故休缺，使圣王之典不立，无以抑诡类，拔正道，表覈万代。"臣不胜奋激，即具为书，念终泯没蛮夷，不闻于时，独不为也；苟一明大道，施于人，代臣死死无所憾，是用自决。臣宗元稽首拜手以闻曰：孰称古初朴蒙倥侗而无争，厥流以讹，越乃奋夺斗怒震动，专肆为淫威？曰：是不知道。唯人之初，总总而生，林林而群。霜雪风雨雷雹暴其外，于是乃知架巢空穴，挽草木，取皮革；饥渴牝牡之欲驱其内，于是乃知噬禽兽，咀果谷，合偶而居。交焉而争，际焉而斗，力大者搏，齿利者啮，爪刚者决，群众者轧，兵良者杀，披披藉藉，草野涂血。然后强有力者出而治之。往往为曹于险阻，号令起，而君臣什伍之法立。德绍者嗣，道怠者夺。于是有圣人焉曰黄帝，造其兵车，交贯乎其内，一统类，齐制量然犹大公之道不克建。于是有圣人焉曰尧，置州牧四岳，持而纲之，立有德有功有能者参而维之，运臂率指，屈伸把握，莫不统率。尧年老，举圣人而禅焉，大公乃克建。由是观之，厥初罔不极乱，而后稍可为也。非德不树。故仲尼叙《书》，于尧曰"克明俊德"；于舜曰"濬哲文明"；于禹曰"文命祗承于帝"；于汤曰"克宽克仁，彰信兆民"；于武王曰"有道曾孙"。稽撰典誓，贞哉！惟兹德实受命之符，以奠永祀。后之妖淫嚚昏好怪之徒，乃始陈大电、大虹、玄鸟、巨迹、白狼、白鱼、流火之乌以为符，斯皆诡谲阔诞，其可羞也，而莫知本于厥贞。汉用大度，克怀于有氓，登能庸贤，濯痍煦寒，以瘳以熙，兹其为符也。而其臣妾乃下取虺蛇，上引天光，推类号休，用夸诬于无知之氓。增以驺虞神鼎，胁驱纵踊，俾东之泰山石间，作大号，谓之封禅。皆《尚书》所无有。莽述承效，卒奋骛逆。其后有贤帝曰光武，克绥天下，复承旧物，犹崇赤伏，以玷厥德。魏、晋而下，尨乱钩裂，厥符不贞，邦用不靖，亦罔克久，驳乎无以议为也。积大乱至于隋氏，环四海以为鼎，跨九垠以为鑪，蠹以毒燎，煽以虐焰。其人沸涌灼烂，号呼腾蹈，莫有救止。于是大圣乃起，丕降霖雨，浚涤荡沃，蒸为清气，疏为泠风。人乃漻然休然，相睎以生，相持以成，相弥以宁。柝斮屠剔，膏流节离之祸不作，而人乃克完平舒愉，尸其肌肤，以达于夷途。棼枆扺捂，奔走转徙之害不起，而人乃克鸠类集族，歌舞悦怿，用祗于元德。徒奋祖呼，犒迎义旅，讙动六合，至于麾下。大盗豪据，阻命遏德。义威殄戮，咸坠厥绪。无刘于虐。人乃并受休嘉，去隋氏，克归于唐。踊躅讴歌，灏灏和宁。帝庸威栗，惟人之为。敬莫厥赋，积藏于下，是谓丰国。乡为义廪，敛发谨饬，岁丁大浸，人以有年。简于厥刑，不残而惩，是谓严威。小厉而犬，大生而孥，恺悌祗敬，用底于理，凡其所欲，不谒而获；凡其所恶，不祈而息。四夷稽眠，不作兵革，不竭货力。丕扬于后嗣，用垂于帝式。十圣济厥理，孝仁平宽，惟祖之则。泽久而逾深，仁增而益高。人之戴唐，永永无穷。是故受命不于天，于其人；休符不于祥，于其仁。惟人之仁，匪祥于天；匪祥于天，兹惟贞符哉！未有丧仁而久者也，未有恃祥而寿者也。商之王以桑谷昌，以雉雊大；宋之君以法星寿；郑以龙衰，鲁以麟弱；白雉亡汉，黄犀死莽；恶在其为符也不胜？唐德之代，光绍明浚，深鸿庬大，保人斯无疆。宜荐于庙郊，文之雅诗，祗告于德之休。帝曰："谌哉！"乃黜休祥之奏，究贞符之奥，思德之所未大，求仁之所未备，以极于邦理，以敬于人事。其诗曰：

於穆敬德，黎人皇之。惟贞厥符，浩浩将之。仁函于肤，刃莫毕屠。泽煤于爟，沸炎以浣。殄厥凶德，乃驱乃夷。懿其休风，是煦是吹。父子熙熙，相宁以嬉。赋彻而藏，厚我糇粮。刑轻以清伻，我靡伤。贻我子孙，百代是康。十圣嗣于理，仁后之子。子思孝父，易患于己。拱之戴之，神其祐尔。载扬于雅，承天之嘏。天之诚神，冥鉴于仁。神之曷依，宜仁之归。濮沿于北，祝栗于南。幅员西东，祇一乃心。祝唐之纪，后天罔坠。祝皇之寿，与地咸久。曷从祝之，心诚笃之。户协人同，道以告之。俾忆万年，不震不危。我代之延，永永毗之。仁增以崇，曷不尔思。有号于天，金曰呜呼。咨尔皇灵，无替厥符。（柳宗元《贞符》）

《文选》立"符命"一体，收入司马相如《封禅文》、扬雄《剧秦美》、班固《典引》三篇作品。班固在《典引》一文中论及"相如《封禅》，靡而不典；扬雄《美新》，典而亡实"，并说"不胜区区，窃作《典引》一篇，虽不足雍容明盛万分之一，犹启发愤懑，觉悟童蒙，光扬大汉，轶声前代，然后退入沟壑，死而不朽"；班固则认为"符命"体的文章应该既典又实，其作《典引》的目的是"光扬大汉"[1]。扬雄也在《剧秦美新》一文中说

---

[1] 见《文选》卷四十八"符命"，（梁）萧统编，[唐]李善注，中华书局，1977年12月第1版。

"往时司马相如作《封禅》一篇,以彰汉氏之休"①。看来,"符命"体的文章大多是叙述祥瑞征兆,以为帝王歌功颂德。

《唐文粹》所收柳宗元《贞符》一文,则批判了三代受命的符瑞之说,对从董仲舒到班固等汉儒宣扬的天命思想加以否定,在此基础上,他阐扬了"受命于生人之意"的理论:"……是故受命不于天,于其人;休符不于祥,于其仁。惟人之仁,匪祥于天;匪祥于天,兹惟贞符哉!未有丧仁而久者也,未有恃祥而寿者也。"他要求统治者把统治建立在"仁""德"之上,而不是建立在"天命"上。

《贞符》一文开始写于长安,时年柳宗元33岁,任礼部员外郎。由于朝廷变故,君王更迭,柳宗元参加的政治革新运动失败,"会贬逐中辍",文章并未写完,直到他贬谪永州后,到元和三年(808),在吴武陵认定"此大事,不宜以辱故休缺,使圣王之典不立,无以抑诡类,拔正道,表覈万代"的劝说下,才"不胜奋激,即具为书",努力完成这篇"本未阕阔"的文章,此时他36岁。从"序文"中看,柳宗元写《贞符》的目的是批判"推古瑞物以配受命"的唯心主义天命观,阐述真正的唯物主义的"贞符"观。唐家天子究竟是受命于"天"还是受命于"人"?柳宗元的结论是"是故受命不于天,于其人;休符不于祥,于其仁。惟人之仁,匪祥于天;匪祥于天,兹惟贞符哉!未有丧仁而久者也,未有恃祥而寿者也"。

这一结论告诉我们,唐家正德不是受命于天,而是受命于人,是民心的向背。这是柳宗元给唐宪宗所上的表。文章这样说是为了告诉唐宪宗《贞符》的主旨所在。唐王朝延续到宪宗时,文治武略,日趋紊乱。当时藩镇割据,宦官专权,赋税繁重,人民"不胜官租私券之委积"(《钴鉧谭记》),处于水深火热之中,被迫卖田更居,人心向背已日趋明显。柳宗元贬永后,由于生活在人民群众之中,已深深感受到了这一点。因此,他奋力完成《贞符》的写作,提出唐家正德受命于人,是希望唐宪宗能像唐代圣明的君主那样,实行"仁"政。这就是合乎正道的符瑞,这就是贞符。

从写作上讲,这是一篇有"破"有"立"、"破""立"双向的宏篇巨论。整篇分两部分,第一部分是序文,交代写作的过程和缘由。第二部分又

---

① 见《文选》卷四十八"符命",同上,页682。

分两大块,第一块是论述,第二块是颂诗,以诗的形式重复了论说中的内容。论述部分是本文的核心,把对"符瑞"说、"君权神授"论的"破"与对"贞符——合乎正道的符瑞"说,君权受于人的"立"结合起来论述,以从古至唐的史实为线索,反复曲折地论述"受命不于天,于其人;休符不于祥,于其仁"这个中心,突显以"仁"理政,以"德"治国的宗旨。文章立论清晰,中心突出,论据充分确凿,说服力强,或虚实对举,或正反对比,或对偶,或排比,或反问,或肯定,或否定,中肯得体,恰如其分,充分体现了柳氏论说的雄辩风格。

正如章士钊先生在《柳文指要》中所说:"《贞符》有大义二,一反对封禅,二以仁为归。"① 大概是这个原因。《文苑英华》才把此文归入"杂文"类中的"帝道"。而《全唐文》不收此文,原因大概也在此。所以徐师曾在解释"符命"体时,说:"按符命者,称述帝王受命之符也。夫帝王之兴,固有天命,而所谓天命者,实不在乎祥瑞图谶之间。故大电、大虹、白狼、白鱼之属,不见于经,而见于史,史其可尽信邪?后世不察其伪,一闻怪诞,遂以为符,而封禅以答之,亦惑之甚矣。自其说昉于管仲,其事行于始皇,其文肇于相如,而千载之惑,胶固而不可破。于是扬雄《美新》,班固《典引》,邯郸淳《受命述》,相继有作,而《文选》遂立'符命'一类以列之。夫《美新》之文,遗秽万世,《贞符》以仁立说,颇协于理,然苏长公犹以为非,则如斯文不作可也。"② 柳宗元在文体革新方面的成就由此可见。

十三、论 兵

《唐文粹》"古文"的第十三类为"论兵",收杜牧的《罪言》和《原十六卫》两篇文章。

国家大事,其不当言,实言之有罪,故以云生人常病兵,兵祖於山东,允於天下,不得山东,兵不可死。山东之地,禹画九土,一曰冀州。舜以其分太大,离为幽州,为并州,程其水土,与河南等,常重十一二。故其人沉鸷多

---

① 见《柳文指要》卷一,章士钊著,中华书局,1971年9月第1版,页37。
② 见《文体明辨序说·符命》,徐师曾著,罗根泽校点,人民文学出版社,1962年8月第1版,页166。

材力，重许可，能辛苦。自魏、晋已下，衍浮美淫，工机纤杂，意态百出，俗益卑弊，人益脆弱。唯山东敦五种，本兵矢，他不能荡而自若也。复产健马，下者日驰二百里，所以兵常当天下。冀州，以其恃强不循理，冀其必破弱，虽已破弱，冀其复强大也。并州，力足以并吞也。幽州，阴惨杀也。故圣人因其风俗以为之名。黄帝时，蚩尤为兵阶，自后帝王多居其地，岂尚其俗都之邪？自周岁，齐霸不一世，晋文常佣役诸侯。至秦萃锐三晋，经六世乃能得韩，遂折天下脊，复得赵，因拾取诸国。秦未韩信联齐有之，故蒯通知汉、楚轻重在信。光武始於上谷，成於鄗。魏武举官渡，三分天下有其二。晋乱胡作，至宋武号为英雄，得蜀得关中，尽得河南地，十分天下有其八，然不能使一人渡河以窥胡。至于高齐荒荡，宇文取得，隋文因以灭陈，五百年间，天下乃一家。隋文非宋武敌也。是宋不得山东，隋得山东，故隋为王，宋为霸。由此言之，山东，三者不得，不可为王；霸者不得，不可为霸；猾贼得之，是以致天下不安。

国家天宝末，燕盗徐起，出入成皋、函、潼间，若涉无人地，郭、李辈常以兵五十万不能过邺。自尔一百馀城，天下力尽，不得尺寸，人望之若回鹘、吐蕃，义无有敢窥者。国家因之畦河修障戍，塞其术蹊，齐、鲁、梁、蔡，被其风流，因亦为寇。以里拓表，以表撑里，混濆回转，颠倒横斜，未尝五年间不战，生人日顿委，四夷日猖炽，天子因之幸陕、幸汉中，焦焦然七十馀年矣，呜呼！运遭孝武，浣衣一肉，不畋不乐，自卑冗中拔取将相，凡十三年，乃能尽得河南、山西地，洗削更革，罔不顺适，唯山东不服，亦再攻之，皆不利以返。岂天使生人未至於帖泰邪？岂其人谋未至邪？何其艰哉，何其艰哉！

今日天子圣明，超出古昔，志於理平。若欲悉使生人无事，其要在先去兵，不得山东，兵不可去，是丘杀人无有已也。今者上策莫如自治。何者？当贞元时，山东有燕、赵、魏叛，河南有齐、蔡叛，梁、徐、陈、汝、白马津、盟津、襄、邓、安黄、寿春，皆戍厚兵，凡此十馀所，才足自护治所，实不辍一人以他使，遂使我力解势弛，熟视不轨者，无可奈何。阶此蜀亦叛，吴亦叛，其他未叛者，皆迎时上下，不可保信。自元和初至今二十九年间，得蜀得吴，得蔡得齐，凡收郡县二百馀城，所未能得，唯山东百城耳。土地人户，财物甲兵，校之往年，岂不绰绰乎？亦足自以为治也。法令制度，品式条章，果自治乎？贤才奸恶，搜选置舍，果自治乎？障戍镇守，干戈车马，果自治乎？

井间阡陌,仓廪财赋,果自治乎?如不果自治,是助虏为虐,环土三千里,植根七十年,复有天下阴为之助,则安可以取。故曰:上策莫如自治。中策莫如取魏。魏於山东最重,於河南亦最重。何者?魏在山东,以其能遮赵也,既不可越魏以取赵,固不可越赵以取燕,是燕、赵常重於魏,魏常操燕、赵之性命也。故魏在山东最重。黎阳距白马津三十里,新乡距盟津一百五十里,陴垒相望,朝驾暮战,是二津虏能溃一,则驰入成皋不数日间,故魏於河南间亦最重。今者愿以近事明之。元和中,纂天下兵,诛蔡诛齐,顿之五年,无山东忧者,以能得魏也。昨日诛沧,顿之三年,无山东忧者,亦以其能得魏也。长庆初诛赵,一日五诸侯兵四出溃解,以失魏也。昨日诛赵,一日罢如长庆时,亦以失魏也。故河南、山东之轻重,常悬在魏,明白可知也。非魏强大能致如此,地形使然也。故曰:取魏为中策。最下策为浪战,不计地势,不审攻守是也。兵多粟多,驱人使战者,便於守;兵少粟少,人不驱自战者,便於战。故我常失於战,虏常困於守。山东之人,叛且三五世矣,今之后生所见,言语举止,无非叛也,以为事理正当如此,沉酣入骨髓,无以为非者。指示顺向,诋侵族窃,语曰叛去,菖菖起矣。至於有围急食尽,馂尸以战,以此为俗,岂可与决一胜一负哉。自十余年来,凡三收赵,食尽且下。尧山败,赵复振;下博败,赵复振;馆陶败,赵复振。故曰:不计地势,不审攻守,为浪战,最下策也。(杜牧《罪言》)

《罪言》一文,《全唐文纪事》评其"综天下之情形,权累朝之得失,如聚米画沙,不爽尺寸"[1]。文章开篇解题说,"国家大事,其不当言,实言之有罪,故以云",表露了自己的抱负,也透露出激愤之意。杜牧相当精确地研究了朝廷面临的问题,指出对抗势强力盛,根柢牢固的强藩,关键在于朝廷振作自强,革新朝政,加强实力,从而建立起朝廷威权;而做到这一点,首先在于认清局势,采取正确的对策。他横览天下,纵观古今,揣摩事机,条分缕析,见解相当精辟深刻。

国家始踵隋制,开十六卫,将军总三十员,属官总一百二十八员,署守分部,夹峙禁省,厥初历今,未始替削。然自今观之,设官言无谓者,其十六

---

[1] 见《全唐文纪事》卷首《圣祖仁皇帝御制文三集》,[清]陈鸿墀纂,上海古籍出版社,1987年10月新1版,页32。

卫乎。本原事迹，其实天下之大命也。始自贞观中，既武遂文，内以十六卫畜养武臣，外开折冲果毅府五百七十四以储兵伍。或有不幸，方二三千里为寇土，数十百万人为寇兵，蛮夷戎狄，践踏四作，此时戎臣当提兵居外。至如天下平一，暴勃消削，单车一符，将命四走，莫不信顺，此时戎臣当提兵居内。当其居内也，官为将军，绶有朱紫，章有金银，千百骑趋奉朝谒，第观车马，歌儿舞女，念功赏劳，出於曲赐。所部之兵，散舍诸府，上府不越一千二百人，三时耕稼，袯襫耞耒加，一时治武，骑剑兵矢。禅卫以课，父兄相言，不得业他。籍藏将府，伍散田亩，力解势破，人人自爱，虽有蚩尤为师，雅亦不可使为乱耳。及其当居外也，缘部之兵，被檄乃来，受命於朝，不见妻子，斧钺在前，爵赏在後，以首争首，以力搏力，飘暴交捽，岂暇异略。虽有蚩尤为师，雅亦无能为叛也。自贞观至于开元末百三十年间，戎臣兵伍，未始逆篡，此圣人所能柄统轻重，制障表里，圣算神术也。

至於开元末，愚儒奏章曰："天下文胜矣，请罢府兵。"诏曰："可。"武夫奏章曰："天下力强矣，请搏四夷。"诏曰："可。"於是府兵内铲，边兵外作，戎臣兵伍，湍奔矢往，内无一人矣。起辽走蜀，缭络万里，事五强寇，十馀年中，亡百万人，尾大中乾，成燕偏重。而天下掀然，根萌烬燃，七圣旰食，求欲除之且不能也。由此观之，戎臣兵伍岂可一日使出落铃键哉。然为国者，不能无也。居外则叛，居内则篡，使外不叛，内不篡，兵不离伍，无自焚之患，将保颈领，无烹狗之谕，古今已还，法术最长，其置府立卫乎。

近代已来，於其将也。弊复为甚也。人嚣曰，廷诏命将矣，名出视之，率市儿辈，盖多赂金王，负倚幽阴，折券交货所能也，绝不识父兄礼义之教，复无慷慨感概之气。百城千里，一朝得之，其强杰慓勃者，则挠削法制，不使缚己，斩族忠良，不使违己，力壹势便，罔不为寇。其阴泥巧狡者，亦能家算口敛，委於邪幸，由卿市公，去郡得都，四履所治，指为别馆。或一夫不幸而寿，则夏割生人，略币天下，是以天下每每，兵乱涌溢，齐人乾耗，乡党风俗，淫窳衰薄，教化恩泽，拥抑不下，召来灾殄，被及牛马。嗟乎，自愚而知之，人其尽知之乎？且武者任诛，如天时有秋；文者任治，如天时有春。是天不能倒春秋，是豪杰不能总文武。是此辈受钺诛暴乎？曰於是乎在。某人行教乎？曰於是乎在。欲祸蠹不作者，未之有也。伏惟文皇帝十六卫之旨，谁复而原，其实天下之大命也，故作《原十六卫》。（杜牧《原十六卫》）

《原十六卫》则讲唐代府兵制度，认为府兵变而为兵，遂造成尾大不掉之祸。《全唐文纪事》评此文"府兵与藩政相为轻重，而唐之兴废即因之，溯源穷委，论断独精"①。

杜牧的主要"论兵"之作除上述两篇外，还有《战论》《守论》两篇文章，这些文章不仅言辞博辩，善于议论，而且具有政治家的明析、文人的意气以及策士的纵横辩难之风。

兵非脆也，谷非殚也，而战必挫北，是曰不循其道也。故作《战论》焉。

河北视天下，犹珠玑也，天下视河北，犹四支也。珠玑苟无，岂不活身，四支苟去，吾不知其为人。何以言之？夫河北者，俗俭风浑，淫巧不生，朴毅坚强，果於战耕。名城坚垒，荟辟相贯，高山大河，盘互交锁。加以土息健马，便於驰敌，是以出则胜，处则饶，不窥天下之产，自可封殖，亦犹大农之家，不待珠玑然後以为富也。天下无河北则不可，河北既虏，则精甲锐卒利刀良弓健马无有也。卒然夷狄惊四边，摩封疆，出表里，吾何以御之？是天下一支兵去矣。河东、盟津、滑台、大梁、彭城、东平，尽宿厚兵，以塞虏冲，是六郡之师，严饬护疆，不可他使，是天下二支兵去矣。六郡之师，厥数三亿，低首仰给，横拱不为，则沿淮已北，循河之南，东尽海，西叩洛，经数千里，赤地尽取，才能应费，是天下三支财去矣。咸阳西北，戎夷大屯，吓呼膻臊，彻于帝居，周秦单师，不能排辟，於是尽铲吴、越、荆楚之饶，以啖兵戎，是天下四支财去矣。乃使吾用度不周，微徭不常，无以膏齐民，无以接四夷。礼乐刑政，不暇修治，品式条章，不能备具。是天下四支尽解，头腹兀然而已。焉有人解四支，其自以能久为安乎？

今者诚能治其五败，则一战可定，四支可生。夫天下无事之时，殿寄大臣，偷处荣逸，为家治具，战士离落，兵甲钝弊，车马刓弱，而未尝为之简帖整饰，天下杂然盗发，则疾趋疾战。此宿败之师也，何为而不北乎！是不蒐练之过者，其败一也。夫百人荷戈，仰食县官，则挟千夫之名，大将小禅，操其馀赢，以虏壮为幸，以师老为娱，是执兵者常少，糜食者常多，筑垒未乾，公囊已虚。此不责实科食之过，其败二也。夫战辄小胜，则张皇其功，奔走献

---

① 见《全唐文纪事》卷首《圣祖仁皇帝御制文三集》，［清］陈鸿墀纂，上海古籍出版社，1987年10月新1版，页32。

状，以邀上赏，或一日再赐，一月累封，凯还未歌，书品已崇。爵命极矣，田宫广矣，金缯溢矣，子孙官矣，焉肯搜奇外死勤於戎矣。此赏厚之过，其败三也。夫多丧兵士，颠翻大都，则跳身而来，刺邦而去，回视刀锯菜色甚安，一岁未更，旋已立於坛墠之上矣。此轻罚之过，其败四也。夫大将将兵柄不得专，恩臣诘责，第来挥之，至如堂然将阵，殷然将鼓，一则曰必为偃月，一则曰必为鱼丽，三军万夫，环旋翔佯，恍骇之间，虏骑乘之，遂取吾之鼓旗。此不专任责成之过，其败五也。元和时，天子急太平，严约以律下，常团兵数十万以诛蔡，天下乾耗，四岁然後能取，此盖五败不去也。长庆初，盗据子孙，悉来走命，是内地无事，天子宽禁厚恩，与人休息，未几而燕、赵甚乱，引师起将，五败益甚。登坛注意之臣，死窜且不暇，复焉能加威於反虏哉。今者诚欲调持干戈，洒扫垢汗，以为万世安，而乃蹑前非，蹑前非是不可为也。古之政有不善，士传言，庶人谤。发是论者，亦且将书于谤木，传于士大夫，非偶言而已。（杜牧《战论》）

　　往年两河盗起，屠囚大臣，劫戮二千石，国家不议诛廼，束兵自守，反修大历、贞元故事，而行始息之政，是使逆辈益横，终唱患祸。故作《守论》焉。

　　厥今天下何如哉？干戈朽，铁钺钝，含弘混贷，煦育逆孽，殆为故常。而执事大人，曾不历算周思，以为宿谋，方且觊岸抑扬，自以为广大繁昌莫已若也。呜呼！其不知乎？其俟蹇顿颠倾而後为之支计乎？且天下几里，列郡几所，而自河以北，蟠城数百，金坚蔓织，角奔为寇，伺吾人之憔悴，天时之不利，则将与其朋伍，罗络郡国，将骇乱吾民於掌股之上耳。今者及吾之壮，不图擒取，而乃处恬逸，第第相付，以为後世子孙背胁疽根，此复何也？

　　今之议者咸曰："夫倔强之徒，吾以良将劲兵以为衔策，高位美爵充饱其肠，安而不挠，外而不拘，亦犹棻稷虎狼而不怫其心，则恣气不萌。此大历、贞元所以守邦也，亦何必疾战焚煎吾民，然后以为快也。"愚曰：大历、贞元之间，适以此为祸也。当是之时，有城数十，千百卒夫，则朝廷待之，贷以法故，於是乎阔视大言，自树一家，破制削法，角为尊奢。天子养威而不问，有司守恬而不呵。王侯通爵，越录受之，觐聘不来，机杖扶之。逆息虏允，皇子嫔之，装缘采饰，无不备之。是以地益广，兵益强，僭拟益甚，侈心益昌。於是土田名器，分划大尽，而贼夫贪心，未及畔岸。遂有淫名越号，或帝或王，盟诅自立，恬淡不畏，走兵四略，以饱其志者也。是以赵、魏、燕、齐，卓起大倡，梁、蔡、吴、蜀，蹑而和之。其馀混湏轩嚣，欲相效者，往往而是。运遭孝武，宵旰不忘，前英後杰，夕思朝议，故能大者诛锄，小者惠来，不然，周秦之郊，几为犯猎哉。

大抵生人油然多欲，欲而不得则怒，怒则争乱随之。是以教笞於家，刑罚於国，征伐於天下，此所以裁其欲而塞其争也。大历、贞元之间，尽反此道，提区区之有，而塞无涯之争，是以首尾指支，几不能相运掉也。今者不知此非，而反用以为经，愚见为盗者非止於河北而已。呜呼！大历、贞元守郡之术，永戒之哉。（杜牧《守论》）

从文体上看，《罪言》和《原十六卫》均属"论"体。任昉《文章缘起》认为此体源出汉王褒《四子讲德论》。① 刘勰在《文心雕龙·论说》中谈此体曰："论者，伦也；伦理无爽，则圣意不坠。昔仲尼微言，门人追记，故仰其经目，称为《论语》。盖群论立名，始于兹矣。"② 则据刘勰看来，"论"体源于《论语》，或陈政，或释经，或辨史，或铨文。徐师曾据此认为，"按勰之说如此（见上文）。而萧统《文选》则分为三：设论居首，史论次之，论又次之。较诸勰说，差为未尽。唯设论，则勰所未及，而乃取《答客难》《答宾戏》《解嘲》三首以实之。夫文有答有解，已各自为一体，统不明言其体，而概谓之论，岂不误哉？然详勰之说，似亦有未尽者。愚谓析理亦与议说合契，讽寓则与箴解同科，设辞则与问对一致：必此八者，庶几尽之。故今兼二子之说，广未尽之例，列为八品：一曰理论，二曰政论，三曰经论，四曰史论（有评议、述赞二体），五曰文论，六曰讽论，七曰寓论，八曰设论。③"这样说来，《罪言》《原十六卫》可归为"政论"文。虽然《原十六卫》题目有一"原"字，但不能据此就归为"原"体，此处的"原"，作"原始要终"之意解，不可视为"原"体类的文章。

有意思的是，姚铉《唐文粹》亦收杜牧另外两篇"论兵"之作——《守论》《战论》，但把它们放在了"论"体的"兵刑"类。钱穆先生认为，《唐

---

① 见《文章缘起》，任昉撰，陈懋仁注，《丛书集成初编》，商务印书馆，1937年版，页7。
② 见《文心雕龙注》卷四，刘勰著，范文澜注，人民文学出版社，1958年9月第1版，页326-327。
③ 见《文体明辨序说·论》，徐师曾著，罗根泽校点，人民文学出版社，1962年8月第1版，页131。

文粹》"古文"一目下的文章，大多可归入论说或论辩或论著之一目，"此见文体分类，其事亦经久始定，姚氏尚在宋初，韩柳古文，于时尚未大行，故姚氏亦不能细为辨识其归类所宜也"。① 从《唐文粹》把杜牧的四篇论兵之作归在不同文体来看，钱穆先生的说法确实有道理。但联系唐代古文运动新变的特点，不但在庙堂之上可以纵论天下大事，处江湖之远亦可指点江山；不仅皇帝朝臣忧国忧民，小吏布衣也愤世嫉俗。这种作者身份的改变、题材上的变化，表明文运开始下移，文章作为"经国之大业，不朽之盛事"② 的地位开始变化，表情达意、抒一己之情怀亦是文章的一大功用。故杜牧说"国家大事，其不当言，言之实有罪，故以云"。姚铉把《罪言》和《原十六卫》看作私下文字，而把《守论》《战论》看作朝臣之文章，故而归入不同类别。可见姚铉对"古文"的把握和认识已达到相当的深度。从这一点来看，"古文"一类作品的价值大矣。

十四、析 微

《唐文粹》古文的第十四类为"析微"。"析微"一词，见于《颜氏家训·勉学》篇："直取其清谈雅论，剖玄析微，宾主往复，娱心悦耳，非济世成俗之要也。"③ "析微"是"分析奥义"的意思。④ 故"析微"不是文体名，此类所收作品当以文章题材为划分依据。

人之性，未有生而侈纵者。苟非其正，则人能坏之，事能坏之，物能坏之。唯贵贱则殊，及其坏一也。前后左右之谀佞者，人坏之也。穷游极观者，事坏之也。发於感悟者，物坏之也。是三者有一於是，则为国之大蠹。孝武承富庶之後，听左右之说。穷游观之靡，乃东封焉。盖所以祈其身而不祈其岁时也。由是万岁之声，发於感悟。然後逾辽越海，劳师弊俗，以至於百姓困穷者，东山万岁之声也。以一山之声犹若是，况千口万舌乎？是以东封之呼，不

---

① 见《读姚铉〈唐文粹〉》，《中国学术思想史论丛》（四），钱穆著，东大图书有限公司，1978年，页84。
② 见曹丕《典论·论文》，《文选》卷五十二，（梁）萧统编，[唐]李善注，中华书局，1977年12月第1版，页720。
③ 见《颜氏家训集解》卷三，王利器撰，中华书局，1993年12月第1版，页187。
④ 见《中文大辞典》，林尹、高明主编，中国文化学院出版部，1968年，页7032。

得以为祥，而为英主之不幸。（罗隐《汉武山呼》）

有挈其大而举其高以授人者，彼则曰隘矣哉。挈而举者曰："以吾所得之广大，曾不若彼人之心，又安可以施於彼乎？"於是退而悸栗，不敢以所得为有。伯成子高让禹者，非所以小黄屋之尊也。夫安九州之大，据兆人之上，身得意遂，动适在我，鲜不以荒怠自放者。子高且欲狭禹之心，而谨其取也，故让之，厥後有卑宫菲食之政。（罗隐《子高之让》）

上帝既剖混沌氏，以支节为山岳，以肠胃为江河。一旦虑其掀然而兴，则下无生类矣。於是孕铜铁於山岳，渾浑鱼盐於江河。俾後人攻取之，且将以苦混沌之灵，而致其必不起也。呜呼！混沌氏则不起，而人力殚焉。（罗隐《蒙叟遗意》）

罗隐《汉武山呼》借《汉书·武帝纪》所记"（武帝）亲登嵩高，御史乘属，在庙旁。吏卒咸闻呼万岁者三"，揭露此迷信祥瑞乃无稽之谈，而且进一步指出，左右谀佞助长人主纵侈，实为统治者的不幸，万岁之声正是不祥之兆，"为英主之不幸"。此虽写汉武帝，实暗指晚唐的昏庸君主。《子高之让》一文则论"伯成子高让禹"一事。《蒙叟遗意》则以游戏笔调说混沌开，山岳江河现，而人力殚。

尝得扬雄云："君子在治若凤，在乱若凤。"谓隐见之得宜也，将欲神之以为鉴。迨览其《剧秦美新》，则有异乎是。雄仕汉，遇新室之乱，既不能去之，又惧祸及，乃为斯文以媚而取容。呜呼！凤故若是邪。果若是，则凤遇矰缴而回翔无间邪！君子之仕也，所以行其道，道之不行也，则可以明其节。彼莽之不臣，雄时在列，宜以君臣之义，兴亡之理，匡救之以行其道；苟畏其威，爱其死，则可拔簪高谢，以明其节。讵有苟禄贪生，徇非饰诈，广引秦过，以喻恶则，是稔其篡逆也！与古之持颠扶危死名节者，背而驰也。向者所著若凤之说，得不为诬凤也哉！鸡常禽也，晓晦而不迷其候；凤灵鸟也，理乱而不知其时邪！噫！言之不思，有如是耶。或曰："古人临危制变，亦权道也。雄知莽之不可匡也。故矫为其辞，姑务脱祸，是亦权也。何过之深欤？"曰：不然。夫权者，圣人有焉，所以不失其道，未见舍其道而从其权。昔仲尼仕鲁，以季桓子荒齐乐，知其不可匡也，乃去之。曾不闻矫为其辞以求庸容于鲁。虽仲尼日月其德人之不伴，然扬雄亦慕仲尼之教者，以著书立言为事，得自易哉！夫立言者，岂不欲人从教邪，且已不能信人，况求信于人乎？语曰：君子先言而后从之，斯言可欺也哉！（陈黯《诘凤》）

陈黯《诘凤》以扬雄著《剧秦美新》以媚王莽之事，抨击其立言行事之虚伪，"然扬雄亦慕仲尼之教者，以著书立言为事，得自易哉！夫立言者，岂不欲人从教邪？且已不能信人，况求信于人乎？语曰：君子先言而后从之，斯言可欺也哉！"

尧去子，舜亦去子，周公去弟，后世人以为能断，此绝不知圣人事者。断之为义，疑而后定者也。圣人所行无疑，又安用断？圣人持天下以道，民不得知；圣人理天下以仁义，民不得知。害去其身，未仁也；害去其家，未仁也？害去其国，亦未仁也；害去其天下，亦未仁也；害去其后世，然后仁也。宜而行之谓之义，子不肖去子，弟不顺去弟，家国天下后世，皆蒙利去害矣。不去则反宜，然而为之，尧舜周公未尝疑，又安用断？故曰："断，非圣人事。"（李商隐《断非圣人事》）

世以为能让其国，能让其天下者为贤，此绝不知贤人事者。能让其国，能让其天下，是不苟取者耳。汤故时非无臣也，然其卒佐汤，有升陑之役，鸣条之战，竟何人哉，非伊尹不可也。武故时非无臣也，然其卒佐武，有牧野之誓，白旗之悬，果何人哉？非太公望不可也。苟伊尹之让汝鸠、仲虺，太公望之让太颠、闳夭，则商、周之命其集乎？故伊尹之丑夏复归，太公望之发扬蹈厉。当此时，虽百汝鸠、百仲虺，伊尹不让也；百太颠、百闳夭，太公望亦不让也。故曰："让，非贤人事。"（李商隐《让非贤人事》）

李商隐《断非圣人事》《让非贤人事》两篇杂论文是对传统见解翻案的文章。《断非圣人事》以尧舜禅让之事，提出圣人以利天下后世为行的根据，不存在用"断"的情形。《让非贤人事》则提出贤人为天下国家是不能让位的。

夏尚忠，殷尚敬，周尚文，何也？曰：帝王之道，非尚忠也，非尚敬与文也，因时之变，以承其弊而已矣。救野莫如敬，救鬼莫如文，救僿莫如忠，循环终始，迭相为救。如火之蔓而烧也，人知其胜之于水矣；胜于水者土也，水之溃遏其流者，则必大为之防矣。故夏禹之政忠，殷汤之政敬，武王之政文，各适其宜也。如武王居禹之时，则尚忠矣；汤居武王之时，则尚文矣；禹与汤交地而居，则夏先敬而殷尚乎忠矣。故适时之宜，而补其不得者，三王也。使黄帝尧舜居三王之天下，则亦必为禹汤武王之所为矣。由是观之，五帝之与夏商周，一道也。若救殷之鬼不以文，而曰我必以夏之忠而化之，是犹适于南而北辕，其到也无日矣。孔子圣人之大者也，若孔子王天下而传周，其救文之弊也,亦必尚乎夏道矣。是文与忠、敬,皆非帝王之所尚也,乃帝王之所以合变而行权者也,因时之变以承其弊者也,不可休而作为之者也。(李翱《帝王所尚问》)

尝读李肇《国史补》云:"韩文公登华岳之巅,顾视其险绝,恐栗度不可下,乃发狂恸哭,而欲缒遗书为诀。"且讥好奇之过也如是。沈子曰:"吁!是不谕文公之旨邪,夫仲尼之悲麟,悲不在麟也。墨翟之泣丝,泣不在丝也。且阮籍纵车於途,途穷辄恸,岂始虑不至邪?盖假事讽时,致意於此尔。前贤後贤,道岂相远?文公愤趣荣贪位之者若陟悬崖,险不能止。俾至身危踣蹶,然後叹不知税驾之所,焉可及矣?"悲夫!文公之旨,微沈子几晦乎?(沈颜《登华旨》)

君子宁小穷而大达,小人宁小达而大穷。小者人之役,大者人之道也。孟子论帝王之道於诸侯,诸侯不志我言则去之,岂不以小穷而大达欤?卫鞅论帝王之道於秦伯,秦伯寐。於是鞅乃易之以霸强之术而苟容之,岂不谓小达而大穷欤?君子不患乎无才,患乎不知穷达之理也。孟子大达,远盗蹠而遵正路者也。卫鞅大穷,舍正路而趋盗蹠者也。秦不知蹠以问鞅,鞅指之趋盗蹠而强去也。我知盗之蹠而返然之,曷若遵正路而远盗蹠哉?(程晏《穷达志》)

以功不就而受诛,则可谓勤民而死乎?曰:不然。然则夏之郊也,奚不寻其先,安得以鲧配?曰:以功不就,则不可谓勤民而死也。以诛其身,则可谓勤其家也。不怨君诛,而寻父功。鲧当诛也,传曰:不以家事辞王事。既其家为天下,故报其勤家于夏郊而已矣。有鲧之诛,而不废其功,禹为其子已,不得以天下而择其功者,禹为之事鬼神也。微禹之为子,先人之罪将不食矣。故其子之功,由勤父嗣也,然则夏郊宜矣。于是君诛其怠也,而子不怨,其家祭其勤也,民神弗畔。盖禹以天下不逮事其父,而致孝乎鬼神云。(刘蜕《禹书上》)

治天下之野,见之于夏功,而未见先于夏功者久矣。夫八年之间,生聚非不坏也,委积非不耗也。帝忧则民愁,乐则民喜。故以忧乐隐显而助之,帝能治其心。故禹后虽以身先天下,而不以一身负天下之土石,以其得治世之心而易使也。呜呼!必不得和心之人而为可以智治,则岂羽山之下,忍不以智献其父者欤?天下见濡手足之禹,则不见土阶之上以忧乐者也。故曰心治乎人也,功治乎水也。其可独禹云乎!(刘蜕《禹书下》)

世之所以为达者,贵爵富禄,威刑不胜其用,珠玉不胜其计。耳热声,口饫味，目厌色。斯所为常情之大欲也。世之所以为穷者，秩不足以庇身，禄不足以充用，侮不能威，辱不能刑，声色不足於耳目，滋味不甘於口舌。斯所谓常情之大不欲也。然而圣人汲汲於禄仕者，岂不为是邪！曰：非也。圣人为人者也，恒人为已者也。圣人负其资，得其地，逢其时，有其禄，然後因其基，流其德泽。犹水之居高者，决而溉之，其浸必广。圣人之所以为荣者，导人於仁谊，然後使万千年戴其烈光，为巍巍之德功，以浃於生人者也。恒人之为已者，期於厚禄贵位，位以私尊，禄以私富，益尊而愈骄，益富而愈汰，以淫快一日之欲，才放肆於气未绝之间者也。圣人有其时，有其位，行其道以及於人；无其时，无其位，奉其道以自饰。故圣人进不为荣，退不为戚，而常得其道。恒人幸其时，窃其位，竭人以自足。无其时，失其位，任其愚以自困。故恒人进以为已荣，退以为已辱，而常失其道。孔子曰："凤鸟不至，河不出图。吾已矣夫！"孔子叹行已之道足以致是，而时王不用已之道，道无所施，非叹其身食不方丈，衣不文绣也。恒人之所悲不达者，率曰："吾妻不能罢襦，吾儿不得肉食耳。"岂常少及於外物哉！圣人以德泽流於人，虽九命崇锡，不以为厚，以其所赏果当外其身而公於天下，非已幸也。恒人无毫毛以裨於人，苟幸得禄仕，即逸豫以自怡，以窃取偷得为大黠，其所得幸也。孔、颜圣贤也。岂尝闻伐树瓢饮以为已辱哉！姬旦亦圣人也。岂尝闻受封摄理以为已幸哉！是知圣人之乐也内，而恒人之乐也外。内故常有馀，外故常不足。有馀故推於人，不足故取於人。有道之人，鹿裘索带而人不鄙之者，取其内而不取其外也。若然者，富贵者文饰於外也，彼之所以仁谊者，质充於内也。西子不华，嫫女锦縠，是不能易其美恶。後之君子，穷於时者，当思负其内而自笃，无以其外而诒人，达於时者，当思勉其内而自饰，无以其外而骄人。苟如是，庶几乎知道矣。（房千里《知道》）

李翱《帝王所尚问》一文论"帝王所尚"。沈颜《登华旨》驳斥李肇《国史补》所云"韩文公登华岳之巅，顾视其险绝，恐栗度不可下，乃发狂恸哭，而欲缒遗书为诀"，以明韩文公之旨。程晏《穷达志》以孟子与卫鞅相对比，以明君子、小人穷达之不同。刘蜕《禹书上》《禹书下》谈禹继其父而事天下，以心治乎人，故其功成。房千里《知道》一文用对比手法论圣人与恒人之不同以明道。

可见，"析微"类文章大多借史论理，侧重于辨析奥义。故姚铉单列此类。

十五、毁 誉

《唐文粹》"古文"的第十五类为"毁誉",收皇甫湜等人五篇文章。

天下之是非系於人,不悬於迹,一於分,不定於所为。孰谓人?君子、小人是也;孰为分?君子、小人之别是也。彼诚君子矣,为之无不是;彼诚小人矣,动而之非。故君子指人之过为嫉恶,誉人之善为乐贤,言己之光美拟於尧禹、参於天地为昌言,顺则为周公,变则为伊尹。其心定矣,其归一矣,虽万殊百化,一於君子而已。所谓左之右之,君子宜之,右之左之,君子有之。小人者不然,其过人为毁訾,其誉人为比周,言己之光美为矜夸,变则为贼,顺则为伪。其心定矣,其归一矣,虽万殊百化,一於小人而已。所谓天下之恶皆归焉。余故曰天下是非系於人,不悬於迹,一於分,不定於所为。横天地,绝古今,人之所由者,二而已。(皇甫湜《明分》)

知佞之谏谏忠,不知佞之谏谏国,故人君弗为意也。且曰:"彼诚佞邪,子不过宠一臣。彼诚忠邪,予不过黜一臣。子授天命有天下,岂少若人乎?奈何咈子心?"而不知宠一佞而百佞进,黜一忠而百忠退,刻忠者寡而佞者众乎?是以宰嚭谮子胥而吴灭,赵高谮李斯而秦亡,无极谮伍奢而楚昭奔,靳尚谮屈原而楚怀囚。愚故曰"知佞之谏谏忠,不知佞之谏谏国",悲夫!(沈颜《谏国》)

古之非人也,张口沫舌,指数於众人,人得而防之。今之大人也,有张其所违,颦㦰而忧之,人不得而防也。岂雕刻机杼有淫巧乎?言非有乎?(段成式《毁》)

礼法不可斯须而去,有以礼法而为灾;忠信不可斯须而去,有以忠信而为祸。礼法非灾人之端,忠信非祸人之本,理或有害,则礼法忠信为祸人之萌。狂瞽人之所恶也,效之则恐不及其真;荒酗人之所耻也,履之则恐不自其性。狂瞽诚可恶也,荒酗诚可耻也,临难而保全,则狂瞽荒酗为藏身之薮。礼法忠信直也,狂瞽荒酗诈也,以之保全,则直不如诈之功。呜呼!三皇之前无所用,五帝之後无所不用。(王蔼《讽诈》)

四夷之民长有重译而至,慕中华之仁义忠信。虽身出异域,能驰心於华,吾不谓之夷矣。中国之民长有倔强王化,忘弃仁义忠信,虽身出於华,反窜心於夷,吾不谓之华矣。窜心於夷,非国家之窜尔也,自窜心於恶也。岂止华其名谓之华,夷其名谓之夷邪?华其名有夷其心者,夷其名有华其心者。是知弃仁义忠信於中国者，即为中国之夷矣。不待四夷之侵我也，有悖命中国，专倨不王，弃彼仁义忠信，则不可与人伦齿，岂不为中国之夷乎？四夷内向，乐我仁义忠信，愿为人伦齿者，岂不为四夷之华乎？记吾言者，夷其名尚不为夷矣，华其名反不如夷其名者也。（程晏《内夷檄》）

皇甫湜《明分》一文言君子与小人之不同，指出"天下是非系於人，不悬於迹，一於分，不定於所为。横天地，绝古今，人之所由者，二而已"。沈颜《逸国》则极言谗佞之误国。段成式的《毁》则云"古之非人也，张口沫舌，指数於众人，人得而防之。今之大人也，有张其所违，颦慼而忧之，人不得而防也。岂雕刻机杼有淫巧乎，言非有乎！"语含激愤之辞。王蔿《讽诈》指出礼法、忠信成为狂瞽之人的藏身之薮。程晏《内夷檄》一文则论及华夷之辨，文章认为："岂止华其名谓之华，夷其名谓之夷邪？华其名有夷其心者，夷其名有华其心者。是知弃仁义忠信於中国者，即为中国之夷矣。"

以上五篇文章既有提倡，也有批评，大多针对各种古今不同，直接议论、抨击、批判的锋芒较强。故姚铉以"毁誉"总其归，也是以题材作为分类依据。这些文章已显出古文的变化。

十六、时事

《唐文粹》"古文"的第十六类为"时事"，收入四篇文章。

樵囊于襄汉间，得数十幅书，系日条事，不立首末。其略曰：某日皇帝亲耕籍田，行九推礼；某日百寮行大射礼于安福楼南；某日安北奏诸蕃君长请扈从封禅；某日皇帝自东封还。赏赐有差；某日宣政门宰相与百寮廷诤十刻罢。如此，凡数十百条。樵当时未知何等书，徒以为朝廷近所行事。有自长安来者，出其书示之。则曰："吾居长安中，新天子嗣国及穷庞自溃，则见行南郊礼，安有籍田事乎？况九推非天子礼邪？又尝入太学，见丛甓负工而起若皇堂者，就视得石刻，乃射堂旧址，则射礼废已久矣，国家安能行大射礼邪？自关以东，水不败田，则旱败苗，百姓入常赋不足，至有卖子为豪家役者。吾尝背华走洛，遇西戍还兵千人，县给一食，力屈不支；国家安能东封？从官禁兵安所仰给邪？北虏惊啮边？势不可控，宰相驰出责战，尚未报功，况西关复惊于西戎，安有扈从事邪？武皇帝时以御史窃议宰相事，望岭南走者四人，至今卿士咋舌相戒，况宰相陈奏于仗乎？安有延奏诤事邪？"语未及终，有知书者自外来，曰："此皆开元政事，盖当时条布于外者。"樵后得《开元录》验之,条条可复。云尚以为前朝所行,不当尽为坠典。及来长安,日见条报朝廷事者,徒曰今日除某官,明日授某官,今日幸于某,明日畋于某,诚不类数十幅书。樵恨生不为太平男子,及睹开元中事,如奋臂出其间,因取其书帛其缪志其末。凡补缺文者十三,正诡文者十一。是岁大中五年也。(孙樵《读开元杂报》)

褒城驿号天下第一及。及得寓目,视其沼,则浅混而茅。视其舟,则离败而胶。庭除甚芜,堂庑甚残,乌睹其所谓宏丽者。讯於驿吏,则曰:"忠穆公尝牧梁州,以褒城控三节度治所。龙节虎旗,驰驿奔诏。以去以来,毂交蹄劘。由是崇侈其驿,以示雄大。盖当时视他驿为壮,且一岁宾至者,不下数百辈。苟夕得其庇,饥得其饱,皆暮至朝去者,宁有顾惜心邪?至如棹舟则必折篙破舷碎鹢而後止,渔钓则必枯泉汩泥尽鱼而後止。至有饲马於轩,宿隼於堂。凡所以污败室庐,糜毁器用。官小者其下虽气猛可制,官大者其下益暴横难禁。由是日益碎破,不与囊类。某曹八九辈,虽以供馈之隙,一二力治之,其能补数十百人残暴乎?"语未既,有老氓笑於旁。且曰:"举今州县皆驿也。吾闻开元中,天下富蕃,号为治平。踵千里者不裹粮,长子孙者不知兵。今者天下无金革之声,而户口日益破。疆场无侵削之虞,而垦田日益寡。生民日益困,财力日益竭。其故何哉?凡与天子共治天下者,刺史、县令而已。以其耳目接於民,而政令速於行也。今朝廷命官,既已轻任刺史、县令,而又促数於更易。且刺史县令,远者三岁再更。故州县之政,苟有不利於民,可以出意革去者,其在,刺史则曰:'我即去,何用如此。'当愁醉醲,当饥饱鲜。囊帛匮金,笑与秩终。呜呼!州县者真驿耶,矧更代之隙,黠吏因缘,恣为奸欺,以卖州县者乎?如此而欲望生民不困,财力不竭,户口不破,垦田不寡,难哉!"予既挥退老氓,条其言书於褒城驿屋壁。(孙樵《书褒城驿》)

孙樵《读开元杂报》记自己读到一些旧文书,发现原来是开元年间的朝报。他从这些文书的记载引发今昔对比,深有今不如昔之感。其《书褒城驿》则揭露了吏治腐败,并探寻了社会衰落的原因。

市之鬻鞭者,人问之,其贾直五十,必曰五万。复之以五十,则伏而笑;以五百,则小怒;五千,则大怒;必以五万而後可。有富者子,适市买鞭,出五万,持以夸。予视其首,则拳蹙而不遂;视其握,则蹇仄而不植;其行水者,一去一来而不相承,其节朽黑而无文;掐之灭爪,而不得其所穷;举之,翻然若挥虚焉。余曰:"子何取于是而不爱五万?"曰:"吾爱其黄而泽,且贾者云……"余乃召僮燂汤以濯之,则遬然枯,苍然白。则黄者栀也,泽者蜡也。富者不悦,然犹持之三年,后出东郊,争道长乐坂下。马相踶,因大击,鞭折而为五六。马踶不已,坠之地,伤焉。视其内则空空然,其理若粪壤,无所赖者。今之栀其貌、蜡其言,以求贾伎于朝者,一误而过其分则喜,当其分则反怒曰:"余曷不至于公卿?"然而至焉者亦良多矣。居无事,虽过三年不害。当其有事,驱之于陈力之列以御乎物,以夫空空之内,粪壤之理,而责其大击之效,恶有不折其用而获坠伤之患者乎?(柳宗元《鞭贾》)

荆楚人淫祀者旧矣。有巫颇闻於乡间,其初为人祀也,筳席寻常,歌迎舞将,祈疾者健起,祈岁者丰穰。其後为人祀也,羊猪鲜肥,清酤满卮,祈疾得死,祈岁得饥。里人惑焉,而思之未得。适有言者曰:"吾昔游其家也,其家无甚累。故为人祀,诚心磬乎中,而福亦应乎外,其胙必散之。其後男女蕃息焉,衣食广大焉。故为人祀,诚不得磬於中,而神亦不歆乎外,其胙且入其家。是人非前圣而後愚,盖牵於心而不暇及人耳。"以一巫用心尚尔,况异於是者乎?(罗隐《荆巫》)

柳宗元《鞭贾》描绘一"市之鬻鞭者",通过"其贾直五十,必曰五万。复之以五十,则伏而笑;以五百,则小怒;五千,则大怒;必以五万而后可",来讽刺那些"以求贾伎于朝者"。罗隐《荆巫》借巫祝为人祈福,"牵於心而不暇及人",讽刺当权者为一己之欢,不顾百姓之困。

这几篇文章均是有感而发,借事论政。以"时事"为类,也是以题材内容作为分类的依据。

十七、变 化

《唐文粹》"古文"的第十七类为"变化",收牛僧孺等五人的八篇作品。

象龙祷雨,三月不应,巫病民咨,王甚愁。儒有言曰:王无愁也,象之误也。夫龙善化雨,而时在乎天,天使雨,龙得化,不使雨,龙不得化。圣人象龙而救民,是乃象其化者也。龙之性善学者人之心,故象性莫若心而已。使性非心可象,则鸤鸠之性均,而木刻鸤鸠,足以象均邪?獬豸之性触,而瑰饰獬豸冠,足以象触邪?龙以性善化,而龙於化人者衣袤,则其象不以土木亦明矣。汤是以龙其聪而深无不闻也,龙其明而高无不见也,言若出为云,而物仰之有阴,智若跃乎渊,而物触之有润。天而不雨,百姓视王为雨也,虽七岁炎

炎，不闻有咨者，而况三月哉。（牛僧孺《象化》）

夏满不雨，民前后走神所，刳羊豕而跪乞者凡三，而后得请。民大喜，且将报祀。愚独以为惑。何者？天以神乳育百苗谷，必时既丰，然后民相率以劳神之勤，于事而祀焉。今始吝其施，以愁疲民，是神怠天之职也。必希民之求而遂应，是神玩天之权也。既应而俾民输怨于天，归惠于己，是神攘天之德也。推怨，何以为义？利腥膻之馈，何以为仁？怠天下之事，何以为敬？蔑是数者，何以为神？假曰："非吾所得颛。"然知民之情，而不时请于上，是亦徒偶于位。此愚所以惑也。噫！天不可终谩，民不可久侮，窃为神危之，奈何！（司空图《移雨神》）

风雨雪霜，天地之所权也。山川薮泽，鬼神之所伏也。故风雨不时，则岁有饥馑。雪霜不时，则人有疾病。然后祷山川薮泽以致之，则风雨雪霜，果为鬼神所有也明矣。得非天之高，不可以周理，而寄之山川。地之厚，不可以自运，而凭之鬼神。苟祭祀不时则饥馑作，报应不至则疾病生。是鬼神用天地之权也，而风雨雪霜为牛羊之本矣。复何岁时为，复何人民为，是以大道不旁出，惧其弄也。大政不问下，惧其偷也。夫欲何言。（罗隐《风雨对》）

牛僧孺《象化》借"象龙祷雨"不应，谈性与心的关系。司空图《移雨神》则从民求雨与神之职，谈当权的统治者为民是其职，若久侮民则危之矣。罗隐的《风雨对》借谈论玄虚怪诞的鬼神论政，批判晚唐时期"威柄下迁，政在宦人"[①]的现象。

浪翁，山野浪老也，闻元子亦浪然在山谷，病中能记水石、草木、虫豸之化，亦来说常所化，凡四说。有无相化，浪翁曰：阴阳之气，化为四时；四时之行，化为万物。万物形全，是无化有；万物形尽，是有化无。此有无相化之说。有化无，浪翁曰：人或云，我立於东，西望万里，目极则无。人我两忘，终世相无，此有无有无相化之说。无化有，浪翁曰：人或云，我来於南，北行万里，至无不有。人我两求，终世相有，此无有有无相化之说。化相化，浪翁曰：吾观化於无也，何无不有？吾观化於有也，何有不无？有无更化，日以相化。化言何极？化言何穷？（元结《浪翁观化》）

---

① 参见《新唐书》卷二百七《宦者上》，［宋］欧阳修、宋祁撰，中华书局，1975年2月第1版，页5855—5856。

元子闻浪翁说化，化无穷极，因论。论曰："翁亦未知时之化也，多於此乎？"曰："时焉何化？我未之记。"元子曰："於戏！时之化也，道德为嗜欲化为险薄，仁义为贪暴化为凶乱，礼乐为耽淫化为侈靡，政教为烦急化为苛酷，翁能记於此乎？时之化也，夫妇为溺惑所化，化为犬豕，父子为昏欲所化，化为禽兽；兄弟为猜忌所化，化为雠敌；宗戚为财利所化，化为行路；朋友为世利所化，化为市儿，翁能记於此乎？时之化也，大臣为威权所恣，忠信化为奸谋；庶官为禁忌所拘，公正化为邪佞；公族为猜忌所限，贤哲化为庸愚；人民为征赋所伤，州里化为祸邸；奸凶为恩幸所迫，厮皂化为将相，翁能记於此乎？时之化也，山泽化为井陌，或曰尽於草木；原野化为狌狂，或曰殚於鸟兽；江湖化为鼎镬；或曰暴於鱼鳖；祠庙化为宫寝，或曰数於祀祷，翁能记於此乎？时之化也，情性为风俗所化，无不作狙狡诈诳之心；声呼为风俗所化，无不作谄媚僻淫之辞；颜容为风俗所化，无不作奸邪蹙促之色，翁能记於此乎？"（元结《时化》）

浪翁闻元子说时化，叹曰："吾昔闻世化，可说又异於此。昔世之化也，天地化为斧锧，日月化为豺虎，山泽化为州里，草木化为宗族，风雨化为邸舍，雪霜化为衣裳，呻吟化为常声，粪污化为粱肉，一息化为千岁，乌犬化为君子。"元子惑之，浪翁曰："子不闻往昔世之化也，四海之内，巷战门斗，断骨腐肉，万里相藉，天地非斧锧也邪，人民暗夜盗起求食，昼游则死伤相及，日月非豺虎也邪？人民相与寄身命於绝崖深谷之底，始能声呼动息，山泽非州里也邪？人民奔走非深林荟丛，不能藏蔽，草木非宗族也邪？人民去乡国入山海，千里一息，力尽暂休，风雨非邸舍也邪，人民相持於死伤之中，裸露而行，霜雪非衣裳也邪？人民劳苦相冤，疮痍相痛，老弱孤独相苦，死亡不相救，呻吟非常声也邪？人民多饥饿沟渎，痛伤道路，粪污非粱肉也邪？人民奔亡潜伏，戈矛相拂，前伤后死，免而存者，一息非千岁也邪？僵主腐卿，相枕路隅，鸟兽让其骨肉，乌犬非君子也邪？"（元结《世化》）

元结《浪翁观化》借自然界万事万物的变化谈"有无相化""有化无""无化有""化相化"。《时化》一文五言"时之化也"，从仁义道德、家庭伦理、政教官吏、自然社会、风俗民情五个方面全面深刻地揭露了当时道德之沦丧和世风之败坏。《世化》则从自然界的变化谈及"往昔世之化"，描绘了乱世中人民流离死亡、惊心动魄的悲惨画面。

橘之蠹，大如小指。首负特角，身蠹蠹然，类蝤蛴而青。翳叶仰啮，饥

107

蚕之速，不相上下。人或桄触之，辄奋角而怒，气色桀骜。一旦视之，凝然弗食弗动。明日复往，则蜕为胡蝶矣。力力拘拘，其翎未舒襜。黑韝苍，分朱间黄。腹填而椭，矮纤且长。久醉方寤，羸枝不扬。又明日往，则倚薄风露，攀缘草树，耸空翅轻，瞥然而去。或隐蕙隙，或留篁端。翩旋轩虚飐曳纷拂，甚可爱也。须臾，犯蝥网而胶之，引丝环缠，牢若桎梏。人虽甚怜，不可解而纵矣。噫！秀其外，类有文也。嘿其中，类有德也。不朋而游，类洁也。无嗜而食，类廉也。向使前不知为橘之蠹，後不见触蝥之网，人谓之钧天帝居而来，今复还矣。天下大橘也，名位大羽化也，封略大蕙篁也。苟灭德忘公，崇浮饰傲，荣其外而枯其内，害其本而窒其源，得不为大蝥网而胶之乎？观吾之蠹化者，可以惕惕。（陆龟蒙《蠹化》）

　　蟹，水族之微者。其为虫也有籍，见於《礼》经，载於《国语》，扬雄《太玄辞》《晋春秋》《劝学》等篇。考於易象为介类，与龟鳖刚其外者，皆乾之属也。周公所谓旁行者欤？参於药录食疏，蔓延乎小说，其智则未闻也。唯左氏纪其为灾，子云讥其躁，以为郭索後蚓而已。蟹始窟宂於沮洳中，秋冬交必大出，江东人云："稻之登也，率执一穗以朝其魁，然後从其所之。蚤夜膴沸，指江而奔。渔者纬箫承其流而障之，曰'蟹断'，断其江之道焉尔。然後奔纷越轶邂而去者十六七。既入於江，则形质寖大於旧。自江复超於海，如江之状，渔者又断而求之。其越轶邂去者又加多焉。既入於海，形质益大，海人亦异其称谓矣。"呜呼！穗而朝其魁，不近於义邪？舍沮洳而之江海，自微而务著，不近於智邪？今之学者，始得百家小说，而不知孟轲荀杨氏之道。或知之，又不汲汲於圣人之言，求大中之要，何也？百家小说，沮洳也。孟轲荀杨氏，圣人之渎也。六籍者，圣人之海也。苟不能舍沮洳而求渎，以至于海，是人之智反出水虫下，能不悲夫？吾是以志夫蟹。（陆龟蒙《蟹志》）

　　陆龟蒙的《蠹化》把统治者比拟为蠹虫，揭露他们以仁义道德来美化自己，警告他们终究会罹网而受惩处。《蟹志》由蟹从窟于沮洳，到江，到海，一路而去，越变越大的情形，来比喻为学求道："今之学者，始得百家小说，而不知孟轲荀杨氏之道。或知之，又不汲汲於圣人之言，求大中之要，何也？百家小说，沮洳也；孟轲荀杨氏，圣人之渎也；六籍者，圣人之海也。苟不能舍沮洳而求渎，以至于海，是人之智反出水虫下，能不悲夫？"

　　这些文章的题材十分广泛，大多短小精悍，运用比喻、拟人、象征等手法，或论理，或论世，或论政，批判色彩浓厚，是寓言体的杂论文章。这些寓言体的杂论文章皆独立成篇，已经完全摆脱论理附庸的地位。姚铉将以上八篇作品归"变化"一类，也是以文章题材作为依据。这些文章无论是在内容上还是在题材上，均是创新之作。

《唐文粹》"古文"类中另有未作分类的第四十四卷上、第四十四卷下中的作品七十一篇。其中，收入李翱《复性书》三篇，《平赋书》一篇；皮日休《鹿门隐书》六十篇；刘蜕《古渔父》四篇；元结《时议》三篇。

上 篇

人之所以为圣人者，性也；人之所以惑其性者，情也。喜、怒、哀、惧、爱、恶、欲七者，皆情之所为也。情既昏，性斯匿矣。非性之过也，七者循环而交来，故性不能统也。水之浑也，其流不清；火之烟也，其光不明；非水火清明之过。沙不浑，流斯清矣；烟不郁，光斯明矣。情不作，性斯统矣。

性者，天之命也。圣人得之而不惑者也。圣人者岂其无情也？圣人者寂然不动，不往而到，不言而神，不耀而光，制作参乎天地，变化合乎阴阳；虽有情也，未尝有情也。然则百姓者岂其无性邪？百姓之性与圣人之性弗差也。虽然，情之所昏，交相攻伐，未始有穷，故虽终身而不自睹其性焉。火之潜于山石林木之中，非不火也。江、河、淮、济之未流而泉干，山非不存也。石弗敲，木不磨，则不能烧其山林而燥万物。泉之源弗疏，则弗能为江为河，为济为淮，东汇大壑，浩浩汤汤，为弗测之深。情之动静弗息，则弗能复其性而烛天地，为不极之明。

是故诚者，圣人性之也，寂然不动，广大清明，照乎天地，感而遂遁天下之故，行止语言无不处于极也。复其性者，贤人循之而不已者也，不已则能归其源矣。

圣人知人之性皆善，可以循之其不息而至于圣也，故制礼以节之，作乐以和之。安于仁，乐之本也；动而中，礼之本也。故在车则闻和鸾之声，行步则闻佩玉之音。无故不废琴瑟。视听言行，循礼法而动。所以教人忘嗜欲而归性命之道也。道者至诚而不息也，至诚而不息则虚，虚而不息则明，明而不息则照天地而无遗。非他也，此尽性命之道也。哀哉，人人可以及于此，莫之止而不为也，不亦惑邪！

昔者，圣人以传于颜子，颜子得之，奉拳不失。不远而复，其心三月不违仁。子曰："回也其庶乎，屡空。"其所以未到于圣人者一息耳，非力不能也，短命而死故也。其余升堂者，盖皆传也。一气之所春，一雨之所膏，而得之者各有浅深，不必均也。子路之死也，石乞孟黡以戈击之，断缨。子路曰："君子死，冠不免。"结缨而死。由非好勇而无惧也，其心寂然不动故也。曾子之死也，曰："吾何求焉，吾得正而毙焉斯已矣。"此正性命之言也。子思，仲尼之孙，得其祖之道，述中庸四十七篇，以传于孟轲。轲曰："我四十不动心。"轲之门人，达者公孙丑、万章之徒，盖传之矣。遭秦焚书，中庸之弗焚者一篇存焉。于是此道废缺，其教授者惟节文、章句、威仪、击剑之术相师焉。性命之源，则吾弗能传矣。道之极于剥也必复。

吾自六岁读书，但为词句之学，志于道者四年矣，与人言之，未尝有是我者也。南观涛江。入于越，而吴郡陆参存焉。与之言之。陆参曰："子之言，尼父之心也。东方有圣人焉，不出乎此也；南方有圣人焉，亦不出乎此也。唯子行之不息而已矣。"呜呼，性命之书虽存，学者莫能明，是故皆入于庄、列、老、释。不知者谓夫子之徒不足以穷性命之道，信之者皆是也。有问于我，我以吾之所知传焉，遂书于书，以开诚明之源，而缺绝废弃不扬之道几可以传于时，命曰复性书，以治乎心，以传乎其人。于呼！夫子复生，不废吾言矣。

中 篇

或问曰：人之昏也久矣，将复其性者，必有渐也。敢问其方。曰：弗虑弗思，情则不生；情既不生，乃为正思。正思者，无虑无思也。易曰："天下何思何虑。"又曰："闲邪存其诚。"诗曰："思无邪。"曰："已矣乎？"曰："未也。"此斋戒其心者也，犹未离于静焉。有静必动，有动必静。动静不息，是乃情也。易曰："吉凶悔吝，生乎动者也。"焉能复其性邪？曰：如之何？曰：方静之时，知心无思者，是斋戒也；知本无有思，动静皆离，寂然不动者，是至诚也。中庸曰："诚则明矣。"易曰："天下之动，贞夫一者也。"问曰：不虑不思之时，物格于外，情应于内，如之何而可止也？以情止情，其可乎？曰：情者，性之邪也。知其为邪，邪本无；其心寂然不已，邪思自息。惟性明照，邪也何所生？如以情止情，是乃大情也；情之相止，其有已乎？易曰："颜氏之子，其殆庶几乎有不善未尝不知，知之未尝复行也。"易曰："不远复，无祗悔，元吉。"

问曰：本无有思，动静皆离。然则声之来也，其不闻乎，物之形也，其不见乎？曰：不睹不闻，是非人也。视听昭昭而不起于见闻者，斯可矣。无不知也，无弗为也，其心寂然，光照天地，是诚之明也。大学曰："致知在格物。"易曰："无思也，无为也，寂然不动，感而遂通天下之志，非天下之至神，其孰能与于此？"曰：敢问"致知在格物"何谓也？曰：物者，万物也。格者，来至也。物至之时，其心昭昭然，辨焉而不应于物者，是致知也，是知之至也。知至故意诚。意诚故心正，心正故身修，身修而家齐，家齐而国理，国理而天下平，此所以能参天地者也。易曰："与天地相似，故不违，智周乎万物而道济天下，故不过。旁行而不流，乐天知命，故不忧。安土敦乎仁，故能爱。范围天地之化而不过，曲成万物而不违，通乎昼夜之道而知，故神无方而易无体。一阴一阳之谓道。"此之谓也。

曰：生为我说中庸。曰：不出乎前矣。曰：我未明也。敢问何谓"天命之谓性"曰："人生而静，天之性也"。性者，天之命也。"率性之谓道"，何谓也？曰：率，循也。循其源而反其性者，道也。道也者，至诚也。至诚，天之道也。诚者，定也，不动也。"循道之谓教"，何谓也？曰："道也者，人之道也""择善而固执之者也"，循是道而归其本者，明也。教也者，则可以教天下矣。颜子其人也。"道也者，不可须臾离也，可离非道也"，说者曰：其心不可须臾动焉，故也。动则远矣，非道矣，变化无方，未始离于不动故也。"是故君子戒慎乎其所不睹，恐惧乎其所弗闻，莫见乎隐，莫显乎微，故君子慎其独也。"说者曰：不睹之睹，见莫大焉；不闻之闻，闻莫甚焉。其心不动，是不睹之睹，弗闻之闻也，其复之不远矣，故慎其独。慎其独者，守其中也。

问曰：昔之注解中庸者，与生之言皆不同，何也？曰：彼以事解，我以心通者也。曰：彼亦通于心乎？曰：吾不知之。曰：修之一日，可至于圣乎？曰：十年檃之，一日止之，而求至焉，是孟子所谓以杯水而救一车薪之火也，甚哉！止而不息必诚，诚而不息必明，明与诚终岁不违，则能终身矣。"造次必于是，颠沛必于是"，则可以希于至矣。故中庸曰："至诚无息，不息则久，久则悠远，悠远则博厚，博厚则高明。博厚所以载物也，高明所以覆物也，悠久所以成物也。博厚配地，高明配天，悠久无疆。如此者，不见而彰，不动而变，无为而成。天地之道可一言而尽也。"

问曰：凡人之性犹圣人性欤？曰：桀纣之性犹尧舜之性也，其所以不睹其性者，嗜欲好恶之所昏也，非性之罪也。曰：为不善者非性邪？曰：非也。

乃情所为也。情有善而不善，性无善而不善焉。孟子曰："人无有不善，水无有不下。夫水，搏而跃之，可使过颡；激而行之，可使在山。是岂水之性哉？"其所以导引之者然也。人之性皆善，其不善亦犹是也。问曰：尧舜岂不有情邪？曰：圣人至诚而已矣。尧舜之举十六相，非喜也；流四凶，非怒也，中于节而已矣。其所以皆中节者，设教于天下故也。易曰："知变化之道者，其知神之所为乎！"中庸曰："喜怒哀乐之未发，谓之中；发而皆中节，谓之和。中也者，天下之大本也；和也者，天下之达道也。致中和，而天地位焉，万物育焉。"易曰："惟深也，故能通天下之志；惟几也，故能成天下之务；惟神也，故不疾而速，不行而至。"圣人之谓也。

问曰：人之性犹圣人之性，嗜欲爱恶之心，何因而生也？曰：情者，妄也，邪也，曰邪与妄则无所因矣。妄情灭息，本性清明，周流六虚，所以谓之能复其性也。易曰："乾道变化，各正性命。"语曰："朝闻道，夕死可矣。"能正性命故也。

问曰：情之所昏，性即灭矣，何以谓之犹圣人之性也？曰：水之性清激，其浑之者沙泥也。方其浑也，情性岂遂无有邪？久而不动，沙泥自沉，清明之性鉴于天地，非自外来也。故其浑也，性本弗失；及其复也，性亦不生。人之性亦犹水也。

问曰：人之性本皆善，而邪情昏焉，敢问圣人之情将复为嗜欲所浑乎？曰：不复浑矣。情本邪也，妄也，邪妄无，人不能复。圣人既复其性矣，知情之为邪；邪既为明所觉矣，则无邪，邪何由生也？伊尹曰："天之道以先知觉后知，先觉觉后觉者也。天民之先，觉者也。予将以此道觉此民也，非予觉之而谁也？"如将复为嗜欲所浑，是尚不自觉者也，而况能觉后人乎！

曰：敢问死何所之邪？曰：圣人之所不明书于策者也。易曰："原始反终，故知死生之说。精气为物，游魂为变，是故知鬼神之情状。"斯尽之矣。子曰："未知生，焉知死？"然则原其始反其终，则可以尽其生之道；生之道既尽，则死之说不学而自通矣。此非所急也。子修之不息，其自知之，吾不可以章章然言且书矣。

下　篇

昼而作，夕而休者，凡人也。作乎作者也，与万物皆作；休乎休者也，与万物皆休。吾则不类于凡人，昼无所作，夕无所休。作非吾作也，作有物；

休非吾休也，休有物。作邪休邪，二者离而不存，予之所存者终不亡且离矣。人之不力于道也，昏不思也。天地之间，万物生焉。人之于万物，一物也，其所以异于鸟兽虫鱼者，岂非道德之性乎哉？受一气而成其形，一为物而一为人，得之甚难也；生乎世，又非深长之年也。以非深长之年，行甚难得之身，而不专专于大道，肆其心之所为，则其所以自异于禽兽虫鱼者亡矣。昏而不思，其昏也终不明矣。

吾之生二十有九年矣。思十九年时，如朝日也；思九年时，亦如朝日也。人之受命，其长者不过七十、八十、九十年，百年者则稀矣。当百年之时而视乎九十年时也，与吾此日之思于前也，远近其能大相悬邪？其又能远于朝日之时邪？然则人之生也，虽享百年，若雷电之惊相激也，若风之飘而旋也，可知矣。况千百人而无一及百年之年哉！故吾之终日志于道德，犹惧未及也，彼肆其心之所为者，独何人邪？（李翱《复性书》）

孔子曰："道千乘之国，敬事而信，节用而爱人，使民以时。"孟子曰："欲轻之於尧舜之道，大貉小貉也。欲重之於尧舜之道，大桀、小桀也。"是以什一之道，公私皆足。人既富，然后可以服教化，反淳朴。古之圣贤，未有不善於为政理人，而能光于後代者也。故善政者莫大於理人，理人者莫大於既富之又教之。凡人之情，莫不欲富足而恶贫穷。四人之苦者，莫甚於农人。麦粟布帛，农人之所生也，岁大丰，农人犹不能足衣食，如有水旱之灾，则农夫先受其害。"有若曰，百姓不足，君孰与足？"夫如是，百姓之视其长上如仇雠，安既不得享其利，危又焉肯尽其力？自古之所以危亡，未有不由此者也。人皆知重敛之可以得财，而不知轻敛之得财愈多也。何也？重敛则人贫，人贫则流者不归，而天下之人不来，由是土地虽大，有荒而不耕者，虽耕之，而地力有所遗，人日益困，财日益匮。是谓弃天之时，遗地之利，竭人之财。如此者虽欲为社稷之臣，建不朽之功，诛暴逆而威四夷，徒有其心，岂可得邪？故轻敛则人乐其生；乐其生则居者不流，而流者日来；居者不流而流者日来，则土地无荒，桑柘日繁，尽力耕之，地有馀利，人日益富，兵日益强，四邻之人，归之如父母，虽欲驱而去之，其可得邪？是以与之安而居，则富而可教；与之危而守，则人皆自固。孟轲所谓"率其子弟，攻其父母，自有生人以来，未有能济者也"。

呜呼！仁义之道，章章然如大道焉，人莫不知之，然皆不能行，何也？见之有所未尽，而又有嗜欲以害之，其自任太多，而任人太寡，是以有土地者无代无之，虽莫不知之，然而未有一人能行之而功及于後代者，由此道也。秦灭古法，隳井田，而夏殷周之道废，相承滋久，不可卒复。翱是以取可行於当时者，为《平赋书》，而什一之法存焉。庶几乎能有行之者云尔。

凡为天下者视千里之都，为千里之都者视百里之州，为百里之州者起於一亩之田，五尺谓之步（古者六尺为步，古之尺小，为兹时之尺四尺八寸，则方一步为古之方一步馀三百步六寸二分五厘），二百有四十步谓之亩（古者步百亩，与此时不同，从俗之数则易行也。一亩为古之田三亩），三百有六十步谓之里（古者亩百为夫，夫三为屋，屋三为井。井之田九夫三屋。方三百步为一里也，方一里之田九夫。顷异名也）。方里之五百有四十亩（亩百为顷，五顷四十亩也。古之里虽小，其亩又加小，所以古之方一里为田九顷，兹时方一里为田五顷四十亩，为古之田一十六顷有二十亩也），十里之田五万有四千亩（五百四十顷也，为古之田一千六百二千顷也），百里之州五十有四亿亩（五万四十顷也，为古之田一十六万二十顷也），千里之都五千有四百亿亩（五百四十万顷也，为古之田一千六百二十万顷也）。方里之内，以亩为屋室径路，牛豚之所息，葱韭菜蔬之所生植，里之家给焉（古者方一里为井，为田九百亩，农夫家各受田百亩，公田八十亩。八家同养公田，公事毕，然後理私事。《诗》曰："雨我公田，遂及我私。"馀田二十亩馀为庐井屋室。兹时亩既加大，一亩之田为古之田三亩，则十亩之田为古之田三十亩，校其多少亦相若矣）。凡百里之州，为方十里者百，州县城郭之所建，通川大途之所更，丘墓乡井之所聚，圳遂沟渎之所渠，大计不过方十里者三十有六，有田一十九亿四万有四千亩（一万九千四百四十顷也），百里之家给焉。千里亦如之。高山大川则郭其中，长缀短而量之。

一亩之田，以强并弱，水旱之不时，虽不能尽地力者，岁岁不下粟一石。公索其十之一。凡百里之州有田五十四亿亩，以一十九亿四万有四千亩为之州县、城郭、通川、大途、圳遂、沟浍、丘墓、乡井、屋室、径路，牛豚之所息，葱韭菜蔬之所生植，馀田三十四亿五万有六千亩（三万四千五百六十顷也）。亩率十亩粟一石，为粟三十四万五千有六百石，以贡于天子，以给州县凡执事者之禄，以供宾客，以输四方，以御水旱之灾，皆足於是矣。其田间树之以桑，凡树桑人百之所沐者谓之功。桑太寡则乏于帛，桑太多则暴于田，是故十亩之田，植桑五功。一功之蚕，取不宜岁度之，虽不能尽其功者，功不下一匹帛。公索其百之十。凡百里之州有田五十四亿亩，以十九亿四万有四千亩为之州县、城郭、通川、大途、圳遂、沟浍、丘墓、乡井、屋室、径路，牛豚之所息，葱韭菜蔬之所生植，馀田三十四亿五万有六千亩，麦之田大计三分当其一，其土卑，不可以植桑，馀田二十三亿有四千亩，树桑凡一百一十五万有二千功。功率十取一匹帛，为帛一十一万五千有二百匹，以贡於天子，以给州县凡执事者之禄，以供宾客，以输四方，以御水旱之灾，皆足于是矣。

鳏寡孤独有不人疾者，公与之粟帛；能自给者，弗征其田桑。凡十里之乡，为之公困焉，乡之所入于公者，岁十舍其一于公困，十岁得粟三千四百五十有六石。十里之乡多人者不足千六百家，乡之家保公困，使勿偷。饥岁并入不足于食，量家之口多寡，出公困与之，而劝蚕以须麦之升焉。及其大丰，乡之正告乡之人，归公所与之，当戒必精勿濡，以内于公困。穷人不能归者与之，勿徵书。则岁虽大饥，百姓不困于食，不死于沟洫，不流而入于他矣。

人既富，乐其生，重犯法而易为善。教其父母使之慈，教其子弟使之孝，教其乡党使之敬让，羸老者得其安，幼弱者得其养，鳏寡孤独有不人疾者皆乐其居。屋室相邻，烟火相接于百里之内，与之居则乐而有礼，与之守则人皆固其业，虽强暴之兵不敢凌。自百里之内推而布之千里，自千里而被乎四海，其孰能当之？是故善为政者，百姓各自保而亲其君，其君虽欲危亡，弗可得也。其在《诗》曰："迨天之未阴雨，彻彼桑土，绸缪牖户，今女下民，或敢予侮。"此之谓也。（李翱《平赋书》）

《复性书》三篇，上篇讨论人的性与情的关系，中篇论成为圣人的修养方法，下篇强调致力于修养道德的必要性。其基本观点是："人之所以为圣人者，性也；人之所以惑其性者，情也。喜、怒、哀、惧、爱、恶、欲七者，皆情之所为也。情既昏，性斯匿矣。"《全唐文纪事》评此文"惕厉其词，可以警学"[①]。《文苑英华》将此文归入"杂文"的"辩论"类。《平赋书》是论政理的文章，作者以孔子"敬事而信，节用而爱人，使民以时"的主张为出发点，首先从正反两面在理论上说明"善为政者莫大于理人"，自古危亡之道在残酷虐民；其次提出轻敛可以多财的道理；最后揭露了仁义不行的根本原因在

---

① 见《全唐文纪事》卷首《圣祖仁皇帝御制文三集》，［清］陈鸿墀纂，上海古籍出版社，1987年10月新1版，页27。

嗜欲之害。文章体现了儒学中重视民生的积极一面，故《全唐文纪事》说此文乃"经济之文，立论自佳"①。

醉士隐于鹿门，不醉则游，不游则息。息于道，思其所未至。息于文，惭其所未周。故复草《隐书》焉。呜呼！古圣王能旌夫山谷民之善者，意在斯乎？

或曰："仲尼修春秋，纪灾异近乎怪，言虎贲之勇近乎力，行衰国之政近乎乱，立祠祭之礼近乎神。将圣人之道，多歧而难通也，奚有不语之义也？"曰："夫山鸣鬼哭，天裂地坼，怪甚也。圣人谓一君之暴，灾延天地，故讳耳。然后世之君，犹有穷凶以召灾，极暴以市异者矣。夫桀纣之君，握钩伸铁，抚梁易柱，手格熊罴，走及虎兕，力甚也。圣人隐而不言，惧尚力以虐物，贪勇而丧生。然后世之君，犹有喜角抵而忘政，受拔拒而过贤者。寒浞窃室，子顽通母，乱甚也。圣人隐而不言，惧来世之君为蛇豕，民为淫娥。然后世之君，犹有易内以乱国，通室以乱邦者。夏启畜乘龙，周穆宴瑶池，神甚也。圣人隐而不言，惧来世之君以幻化致其物，以左道成其乐。然后世之君，犹有黩封禅以求生，恣祠祀以祈欲者。呜呼！圣人发一言为当世师，行一行为来世轨，岂容易而传哉？当仲尼之时，苟语怪力乱神也，吾恐后世之君，怪者不在于妖祥，而在于政教也；力者不在于角抵，而在于侵凌也；乱者不在于衽席，而在于天下也；神者不在于机鬼，而在于宗庙也。若然，其道也岂多歧哉？

民性多暴，圣人导之以其仁。民性多逆，圣人导之以其义。民性多纵，圣人导之以其礼。民性多愚，圣人导之以其智。民性多妄，圣人导之以其信。若然者，圣人导之于天下，贤人导之于国，众人导之于家。后之人反导为取，反取为夺，故取天下以仁，得天下而不仁矣。取国以义，得国而不义矣。取名位以礼，得名位而不礼矣。取权势以智，得权势而不智矣。取朋友以信，得朋友而不信矣。尧舜导而得也，非取也，得之而仁，殷周取而得也，得而亦仁。吾谓自巨君孟德已后，行仁义礼智信者，皆夺而得也。悲夫！"

文学之于人也，譬乎药，善服有济，不善服反为害。

或曰："圣人见一善，必汲汲慕之。夫丹朱商均，虽曰不肖，岂便毒于

---

① 同上。

豸虎哉？何其嗣之远也？且善足以保身，不足以保天下。噫！丹朱商均，苟非尧舜之子，一身且不保，况天下哉！毁人者自毁之，誉人者自誉之。夫毁人者人亦毁之，不曰自毁乎？誉人者人亦誉之，不曰自誉乎？"

或曰："神农牛首，蚩仲鸟身，信乎哉？"曰："非形也，象也。夫枭羊狓貐，尚犹类人，况圣贤也哉？"

或曰："夏禹为黄熊，信乎哉？"曰："非也，感也。夫简狄吞鸟卵而生契，姜原履大迹而产稷，是也。当禹之母，梦熊而生耳。不然者，禹诚是熊，吾以圣人为罔象也。"

或曰："孟子云：'予何人也？舜何人也？'是圣人皆可修而至乎？"曰："圣人者，天也，非修而至者也。夫知道然后能修，能修然后能圣。且尧为唐侯，二十而以德盛。舜为鳏民，二十以孝闻。焉在乎修哉？后稷之戏，必以艺殖焉。仲尼之戏，必以俎豆。焉在乎修哉？盖修而至者，颜子也，孟轲也。若圣人者，天资也，非修而至也。"

穷山人尽行也，大江人尽涉也，然而不幸者，有遇虎兕之暴，蛟龙之患者矣，岂以是而止者哉？夫途有遇是患而死者，继其踵者惟恐其行之不速也。今之士为名与势，苟刑祸及流窜至，是监刀锯者必名人，司流窜者必势士，继其踵者惟恐其位之不速也。呜呼！名与势然也，吾患其内虎兕乎？蛟龙乎？是天不为人幸也，非人也。其或披林逐虎兕，入水婴蛟龙，遇其患也，是人不为天幸也，非天也。若是以遇祸，则终身所为心之驱偾焉。君子不为其所不为，小人为其所不为。

可以威而不威，可以杀而不杀，难也。

洁者不观其穷，观其富也。慎者不观其危，观其势也。苟当穷能洁，当危能慎，戒也非真也。

古之官人也，以天下为己累，故己忧之。今之官人也，以己为天下累，故人忧之。

今道有赤子，将为牛马所践，见之者无问贤不肖，皆惕惕然，皆欲驱牛马以活之也。至夫国有弱君，室有色妇，有欲谋其国欲其室者，惟恨其君与夫不罹赤子之祸也。噫！是复何心哉！

孟子曰："伯夷隘，柳下惠不恭，伊尹五就汤五就桀。"皮子采廉于伯夷，廉于天下，不为隘矣。择和于下惠，和于天下，不为不恭矣。取志于伊尹，志于天下，不为不大矣。

天有造化，圣人以教化裨之。地有生育，圣人以养育裨之。四时有信，圣人以诚信裨之。两曜有明，圣人以文明裨之。噫！裨于天地者，何独圣人！虽禽兽昆虫云物，亦不能自顺其化。麟凤裨于祥瑞也，蛟龙裨于润泽也，昆虫裨于地气也，云物裨于天候也，而况于圣人乎？况于鬼神乎？故纡大君之组绶，食生人之膏血，苟不仁而位，是不裨于禄食也，况能裨于天地乎？吾乃知是禽兽昆虫云物，不窃于天地之覆焘也。

舟之有仡，犹人之有道也。仡不安也，舟之行，匪仡不进，是不安而安也。人之行也，犹舟之有仡，匪道不行，是不行而行也。夫秦失仡于项，项遗仡于汉，是圣人之道不安其所安，小人之道安其所不安也。

伊尹之道，一介不以与人，一介不以取诸人。吾得志，弗为也。与之以道，取之以道，天下可也，况一介哉？伊尹之道近乎执，吾去执而取廉者也。

伯夷不仕非君，不治非民。治则进，乱则退，吾得志，弗为也。不仕非君，孰行其道？不治非民，孰急天下？以非君乎，汤不当事桀，文王不当事纣也。以非民乎，桀民不赴殷，纣士不归周矣。故伯夷之道过乎高，吾去高而取介者也。

柳下惠何事非君，何使非民？与恶人言，虽袒裼裸裎于我侧，尔焉能浼我哉？吾得志，弗为也。夫蚍蜉岂遇人而有礼哉？民之下者，亦若是而已。柳下惠之道过乎涧，吾去涧而取辨者也。

於戏！黄卷之内，圣贤者皆在焉。慕而不及，爱而不可必，郁郁于厉。夫至乎是者，为心乎？为身乎？心则劳，身则愈。呜呼！道果不在于自用。

古之奢也，吾不奢。古之俭也，吾不俭。适管晏之中，或可矣。噫！古之奢者僭，今之奢也滥。古之俭也性，今之俭也名。

学而废者，不若不学而废者。学而废者，恃学而有骄，骄必辱。不学而废者，愧己而自卑，卑则全。勇多于仁谓之暴，才多于德谓之妖。小善乱德，小才耗道。

以有善而不进，以有才而不修，孔门之徒耻也。古之隐也，志在其中。今之隐也，爵在其中。

吏不与奸期，而奸罔自至。贾竖不与不仁期，而不仁自至。呜呼！吏非被重刑，不知奸罔之丧已。贾竖非遭极祸，不知不仁之害躬也。夫易化而善者齐民也，唯吏与贾竖难哉。

人之肆其志者，其如后患何？圣人能与人道，不能与人志。

呜呼！才望显于时者殆哉！一君子爱之，百小人妒之。一爱固不胜于百妒，其为进也难。

不以尧舜之心为君者，具君也。不以伊尹周公之心为臣者，具臣也。

造父善御，不能御驽骀。公输善匠，不能匠散木。吾知夫不教之民也，岂易御而易匠者哉？阳货者，仲尼之驽骀也。互乡者，仲尼之散木也。

或曰："子之道有以迈千人，子之貌固不足加于众，噫何哉？"曰："亦何异哉？伊皋亦人耳，孔颜亦人耳。"不思而立言，不知而定交，吾其惮也。

知道而不行，知贤而不举，甚乎穿窬也。夫盗也者，不能尽一室。如不行道，足以丧身，不举贤，足以亡国。

金贝珠玑，非能言而利物者也。至夫有国者，宝之甚呼贤，惜之过乎圣。如失道而有乱，国且输人，况夫金贝珠玑哉！圣人行道而守法，贤人行法而守道，众人侮道而货法。

古之决狱，得民情也哀。今之决狱，得民情也喜。哀之者，哀其化之不行。喜之者，喜其赏之必至。

周公为天子下白屋之士，今观于一命之士接白屋之人，斯礼遂亡。悲夫！

幸君之急而见惩，纠己之仇而为直。因躬不好者而为廉，因人不乐者以为正，大人不由也。

圣人之道犹坦途，诸子之道犹斜迳。坦途无不之也，斜迳亦无不之也。然适坦途者有津梁，之斜迳者苦荆棘。

三王之世，民知生而不知化。五帝之世，民知化而不知德。毁人者失其直，誉人者失其实，近于乡原之人哉。

惮势而交人，势劣而交道息。希利而交人，利薄而友道退。明君善全臣者不狎，哲士善全友者不昵。

或曰："我善治苑囿，我善视禽兽。我善用兵，我善聚赋。"古之所谓贼民，今之所谓贼臣。

蟊蚄能害稼，不能害人，奸邪善害人。害稼者有时而稔，是不害也。虽有祝鮀之佞，宋朝之美，其害人也，可胜道哉！

或问"君子之道，何如则可以常行矣？"曰："去四蔽，用四正，则可以常行矣。"曰："何以言之？""见贤不能亲，闻义不能伏，当乱不能正，当利不能节。此之谓四蔽。道不正不言，礼不正不行，文不正不修，人不正不见。此之谓四正。"

鹓鸾不见，君子慕焉。鹦鸠常见，小人捕焉。噫！君子之出处，亦犹夫鹓鸾而已矣。

不位而尊者曰道，不货而富者曰文。噫！吾将谓得时乎？尊而骄者不为矣。吾将谓失时乎？富而安者吾为矣。

或曰："将处乎世，何如则可以免乎谤？"曰："去六邪，用四尊，则可矣。"曰："何以言？"曰："谏未深而谤君，交未至而责友，居未安而罪国，家不俭而罪岁，道不高而凌贵，志不定而羡富。此之谓六邪也。自尊其道，尧舜不得而卑也。自尊其亲，天下不得而诎也。自尊其己，孩孺不得而娱也。自尊其志，刀锯不得而威也。此之谓四尊也。"

爱虽至而不媟，仇已危而不挤，势方盛而知足，利正中而识己，岂小人之能哉？

以俭而获罪，犹远乎奢。以退而遇谤，尚愈乎进。

弓箕之家，生子而舍乎弓箕。陶旅之家，生子而舍乎陶旅。噫！吾之道，犹弓箕陶旅乎？

自汉至今，民产半入乎公者，其唯桑弘羊、孔仅乎？卫青、霍去病乎？设遇圣天子，吾知桑孔不过乎贾竖，卫霍不过乎士伍。

古之杀人也怒，今之杀人也笑。

古之用贤也为国，今之用贤也为家。古之酝醝也为酒，今之酝醝也为人。

古之置吏者也，将以逐盗。今之置吏也，将以为盗。

或曰："杨墨有道乎？"曰："意钱格簺，皆有道也。何啻乎杨墨哉？"吾知夫今之人嗜杨墨之道者，其一夫之族耳。（皮日休《鹿门隐书》）

皮日休的《鹿门隐书》六十篇，皆是他隐居鹿门时所作，是随笔式的短文。这种具有针对性和概括性的随感录（小品文），在晚唐颇为流行，这种简短的随感式议论可以应时而发，集合起来能反映社会、历史的较多侧面。文章前面有一总序，叙其写作缘由："醉士隐于鹿门，不醉则游，不游则息。息于道，思其所未至。息于文，惭其所未周。故复草《隐书》焉。呜呼！古圣王能旌夫山谷民之善者，意在斯乎？"这些随感极其简练，有些仅寥寥数语，但皆指陈时弊，笔锋犀利。例如，"古之杀人也怒，今之杀人也笑。""古之置吏也，将以逐盗；今之置吏也，将以为盗。""古之官人也，以天下为己累，故己忧之；今之官人也，以己为天下累，故人忧之。"等等，以古今对比，抨击现实及最高统治者，如"不以尧、舜之心为君者，具君也；不以伊尹、周公之心为臣者，具臣也。""或曰：我善治苑囿，我善视禽兽，我善用兵，我善聚赋。古之谓贼民，今之谓贼臣。""民性多暴，圣人导之以其仁……后之人反导为取，反取为夺……吾谓自巨君孟德已后，行仁义礼智信者，皆夺而得者也。悲夫！"

叟行山逐禽而逢虞人，虞人反以罟而猎叟，叟欺虞人以事鬼神而得逸。他日，叟之子壮，围山而仇猎吾父者，曰："今日凡在山泽，杀无赦。"虞人亡于大泽，虞之父教之以渔。渔利厚于罟，末之年富于泽上。反闻叟将杀其子于帝侧，帝教之以渔天下，天下之利厚于陶稼，末之年富于九州。渔者常以此自笑，而闻于士师。士师以法执之，渔者对曰："始臣学渔，不学笑天下，而天下入臣笑。"舜闻之亦曰："始朕学事叟，不学受天下禅，而天下禅朕。"

晦冥之后，渔者啼而奔帝辛曰："始风微水上，鱼聚臣舟。臣垂之十钩，鱼方视臣钩，未及吞，而雷惊臣舟。夫雷不发而震，盍戮于燮理者。"辛应曰："尔不得鱼，市不阙鱼，亦殷人得鱼耳。夫多鱼而垂之十钩，鱼必争而且畏后其饵。然而犹相与视其钩，岂非君其饵薄乎。何戮之有？"微子自旁闻之，亦曰："殷饵薄矣，臣不受戮。殷民惊矣，抱祭器而入周。"

暮有二舟还，而争一舟于中流。空舟中者恃其无伤舟中也，则盛斗以薄两舟，果与俱覆。明日讼于王。王以其罪均也，平于二渔。既而空舟者归告其子曰："吾胜矣，覆彼所载。"载鱼者归亦告其邻曰："吾胜矣。"其邻笑曰："罪均而子独覆所载，孰谓胜乎？"

有置鱼于苇间，仰见鸣鸢集其上，乃冠木于器旁以惧之。明日泽西渔者乃刻材泽畔，前日置鱼者目视而去，而三年不敢渔。其妻笑曰："始伪以绐一器之鱼，学伪得盗一泽之利。"（刘蜕《古渔父四篇》）

刘蜕《古渔父四篇》为寓言体的短文，其命意曲折，似皆有所指。

臣纬言：自以昏庸无堪，逸浪江海，陛下忽降公诏，远征愚臣。陛下岂不以凶逆未除，盗贼屡起，百姓劳苦，力用不足，将社稷大计，与天下图之者乎？荒野贱臣，始见轩陛，又拘限忌讳，不能悉下情以上闻，则陛下安用烦劳车乘，招礼贤异？臣实不能当君子之羞，受小人之辱，故编舆皂之说为三篇，名曰《时议》，敢以上闻。抵冒天威，谨伏待罪。臣结顿首谨上。

上 篇

时之议者或相问曰:"往年逸乱之兵,东穷江海,南极淮汉,西抵秦塞,北尽幽都,令赵卫之疆,悉为盗有。凶勇之徒,攻四方者,几百馀万如屯守二京、从卫魁帅者不计。当时之兵,可谓强矣;当时人心,已不固矣。天子独以数骑,仅至灵武,引聚馀弱,凭陵强寇,顿军岐阳,师及渭西。曾不逾时,竟能摧坚锐,复两京,逃降逆类,悉收河南州县。今河北、陇阴,奸逆尚馀;今山谷江湖,稍多亡命;今所在盗贼,屡犯州县;今天下百姓,或转徙流亡;今临敌将士,多喜奔散;今贤士君子,不求任使。天子往在灵武,至于凤翔,无今日兵革,而能胜敌;无今日禁制,而无亡命;无今日威令,而盗贼不起;无今日财用,而百姓不亡;无今日封赏,而将士不散;无今日朝廷,而人思任使,何哉?岂天子能以弱制强,不能以强制弱?岂天子能以危求安而忍以未安忘危?"

时之议者或相对曰:"此非难言,甚易言矣。天子往年,悲恨陵庙为凶逆伤汗,怨愤上皇忽南幸巴蜀,哀伤宗戚多见诛害,惊惶圣躬动息无所,是以勤劳不辞,亲抚士卒,与人权位,信而不疑,渴闻忠直,过则喜改。如此,所谓以弱制强,以危求安。今天子重城深宫,燕私而居;冕旒清晨,缨佩而朝;太官具味,当时而食;太常修乐,和声而听。军国机务,参详而进;万姓疾苦,时或不闻。而厩有良马,宫有美女,舆服礼物,日月以备,休符佳瑞,相继而有,朝廷歌颂盛德大业,四方贡赋尤异品物。公族姻戚,喜符帝恩,谐臣戏官,怡愉天颜,而文武大臣,至于公卿庶官,皆权位爵赏,名实之外,似已过望。此所以不能以强济弱,忍以未安忘危。若天子能视今日之安,如灵武之危,事无大小,皆若灵武,何寇盗强弱可言?当天下日无事矣!"

中 篇

时之议者或相谓曰:"吾闻道路云云,说士人共自谋曰:'昔我奉天子拒凶逆,胜敌则家国两存,不胜则家国两亡,所以生死决战,是非极谏。今吾属名位已重,财货已足,爵赏已厚,勤劳已极。天下若安,吾何苦哉?天下若不安,吾属外无仇雠相害,内无穷贼相迫,何苦更当锋刃,以近死乎?何苦更忤人主,以近祸乎?'又闻曰:'呜呼!吾州里有忠义之者,仁信之者,方直之者。今或有病父老母、孤儿寡妻,如身能存者,皆力役乞丐,冻馁不足,况于死者父母妻子，人谁哀之？'又闻曰：'今天下残破，苍生危急，受赋役者，多寡弱贫独，流亡死生，悲忧道路，盖亦极矣！天下若安，我等岂无陇亩以自处？苦不安，我不复以忠义仁信方直死矣。纵有盗于我者，安则随之？'人且如此，其然何故？"时之议者相对曰："今国家非欲其然，盖失于太明、太信而然耳。夫太明则见其内情，将藏内情，则罔惑生焉。罔上惑下，能令必信，信可必矣，故太信焉。太信之中，至奸元恶，卓然而存。如此，使朝廷遂亡公直，天下遂失忠信，苍生遂益冤怨。如公直亡矣，忠信失矣，冤怨生矣，岂天子大臣之所喜乎？将欲治之，能无端由。吾属议于野者，又何所及？"

下　篇

时之议者或相问曰："今天子思安苍生，思灭奸逆，思致太平，方力图之，非不勤劳，于今四年，而说者异之，何哉？"时之议者或相对曰："如天子所思，如说者所异，天子大臣，非不知之。凡有制诰，皆尝言及，言虽殷勤，事皆不行，前后再三，颇类谐戏。今或有仁恤之令、忧勤之诰，人皆族立党语，指而议之，其由何哉？以言而不行之故也。天子不知其然，以为言虽不行，足堪沮劝。呜呼！沮劝之道，在明审均当，而必行也。必不行矣，有言何为？自太古以来，致理兴化，未有言之不行，而能至矣。若天子能追行已言之令，必行将来之法，且免天下无端杂徭，且除天下随时弊法，且去天下拘忌烦令，必任天下贤异君子，屏斥天下凡邪小人，然后推仁信威令，与之不惑，此帝王常道，何为不及？"（元结《时议三篇》）

元结《时议三篇》为奏议，其分析形势，见解明晰深刻。文章前面附其上表说明写作缘由。此三篇文章按体裁来看，应是奏议，可归入"议"。

这四人的七十一篇文章，姚铉没有把它们归入上述十七个子类，大概主要是从形式上考虑的。因为除李翱的《平赋书》一文外，其他均由一组作品组成，再加上一个总题目。这种由一系列文章集合而成的作品组，有的互相之间没有必然联系，如皮日休的《鹿门隐书》六十篇、刘蜕的《古渔父四篇》；有的紧密相关，如元结的《时议三篇》、李翱的《复性书》三篇。这是之前的文章所没有的。加上这些作品内容丰富、题材广泛，也无法以题材作为划分的标准。故而姚铉单列一卷，分上、下两部分收录这些文章。

通过以上对《唐文粹》"古文"类入选作品及其分类的分析，我们可以看出，五原、三原、规、言语对答、读、辩、解、说、评、符命十类是以文章的体裁作为子类的名称;恶、经旨、论兵、析微、毁誉、时事、变化七类则是以文章的题材内容作为分类的依据,但这七类基本上都是论说文。这种分类标准的不统一说明姚铉关于"古文"子类的设立是比较混乱的,如"言语对答"类的作品,其实就是问对体的文章;"析微"类的作品中,从《汉武山呼》《诘凤》《断非圣人事》《让非贤人事》等作品均可看作史论类的杂论文。

在《唐文粹》"古文"类中,以文章的体裁作为子类的文体,可以分为如下两类:

一类是古有定名,《唐文粹》"古文"类有较大变化的文体。有"言语对答""解""说""评""符命"五种文体。如"言语对答",此类文体本属于对问体,上文已谈及其变化。姚铉之所以将"言语对答"放在"古文"类中,大概认为这种文体已经不同于《文选》中的"对问"体,应是唐代古文创作中有较多创新的文体,故而把它放入"古文"类中,其他文体也是如此。这五种文体均为论说类文章。其中,"解""说"二体较接近,正如上文所言,它们都是以辨析、论理为主。只是从内容上看,"解"体文章大多是有疑而释;"说"体文章则论述详赡,以述己意。从《唐文粹》所选这两种体裁的文章来看,都是以议论为主的论说文,如吴讷所言:"若夫解者,亦以讲释解剥为义,其与说亦无大相远焉。"[①]"言语对答"的特点则主要表现在形式上,以问、答的方式展开论述;《唐文粹》所收"评"体文为借史论理的史论;"符命"体文则比较特殊,唐以前的"符命"体文章大多以叙祥瑞为帝王歌功颂德为主,而《唐文粹》所收柳宗元的《贞符》一文则批判所谓的符瑞之说,柳宗元在文体上的改造创新由此可见一斑。

另一类是《唐文粹》"古文"类中新出现的文体。有"原""规""读""辩"四种文体,也都是论说类的文章。按姚铉的分类,"原"体有"五原"和"三原"之分,均为论辩文章。上文已经指出,姚铉做这一区分的原因,大概是要辨明"原"体文的源与流。"规"体文与之相比,其区别大概就在于"规"体文用于规诫,而"原"体文则以论道明理为主。"读"即我们现在所

---

① 见《文章辨体序说·文体明辨序说》,吴讷著,于北山校点,人民文学出版社,1962年8月第1版,页43。

说的读后感,因"读"而感、而议论。"辩"体文则较特殊,分为辩理之文和辨事物真伪之文。

《唐文粹》"古文"类中的这些文体,虽然有一部分可以寻出其渊源,但基本上可以认为是伴随唐代古文运动的发展过程而产生的新文体,它们具有如下特征:

(1)以儒家思想为核心,以此作为古文创作的思想基础。

(2)基本上都是论说文,或论理明辨,或借史论世,或以物喻世,或直陈时弊,内容广泛,针对性较强。

(3)形式上散体单行,篇幅大多短小灵活,文章语言简洁质朴,已经完全摆脱了骈体文的影响。

正因为姚铉认识到了韩、柳等唐代古文作家在文体上的创新,所以他在继承《文选》文体分类的基础上单列"古文"类,收录这些经唐代古文作家改造和新创的文体,以体现唐代古文运动的创作实绩。这些文体基本上是议论文,但这并不意味着姚铉所理解的"古文"就是《唐文粹》"古文"类中所收录的这些文章。结合姚铉在《唐文粹序》中对唐代古文运动的评价:"惟韩吏部超卓郡流,独高遂古,以二帝三王为根本,以六经四书为宗师。凭陵轥轹,首倡古文。遏横流于昏垫,辟正道于夷坦。于是柳子厚、李元宾、李翱、皇甫湜,又从而和之。则我先圣孔子之道,炳然悬诸日月。故论者以退之之文,可继杨、孟,斯得之矣。至于贾常侍至、李补阙翰、元容州结、独孤常州及、吕衡州温、梁补阙肃、权文公德舆、刘宾客禹锡、白尚书居易、元江夏稹,皆文之雄杰者,世谓贞元、元和之间,辞人咳唾,皆成珠玉,岂诬也哉!"我们基本上可以认定,姚铉所理解的"古文"就是韩愈、柳宗元主张恢复先秦和汉代散文内容充实、长短自由、朴质流畅的传统,而提倡的以"道"为核心,在"文以明道"的主张下易排偶为单行,能务去陈言、辞必己出的散文体文章。

第五章 《唐文粹》"古文"类选文研究总结

通过上面的分析，我们可以认为《唐文粹》中的"古文"并非一种文体，而是对唐代古文运动发展变化过程中有所创新的文体和新产生的文体的一个总的称呼。

钱穆先生在《读姚铉〈唐文粹〉》一文中认为："姚书于此古文一目之下，又别分子目逾十六七以上，仍有仅举篇名而无适当之子目可标者，其书分类之杂乱无义类，此亦一证。若依后代人文体分类之新例，则仅论说或论辨或论著之一目，即可括尽。"① 郭勉愈在其博士论文《〈唐文粹〉研究》中也认为，《唐文粹》中的"古文"类作品绝大部分是杂文。其依据是，《唐文粹》"古文"类有三十八篇文章，《文苑英华》亦收录，而这些文章《文苑英华》均归为"杂文"类，并且认为《唐文粹》"古文"类作品从性质上均为论说文，与"论"没有太大区别。

作为文体的"杂文"，出自刘勰的《文心雕龙·杂文》篇。刘勰认为"对问""七发""连珠"三者，皆"文章之枝派，暇豫之末造"，均为杂文，同时刘勰认为，"详夫汉来杂文，名号多品：或典诰誓问，或览略篇章，或由操弄引，或吟讽谣咏。总括其名，并归杂文之区"②。刘勰把汉以来新出现的文体均归为杂文，说明"杂文"并不是文体意义上的一种类别，而是文类的泛

---

① 见《中国学术思想史论丛·读姚铉〈唐文粹〉》（四），钱穆著，台湾东大图书股份有限公司，1978年版，页83-84。

② 见《文心雕龙注》卷三，刘勰著，范文澜注，人民文学出版社，1958年9月第1版，页254-256。

称,凡是无法归入其他文体的新文体,均可称为"杂文"。郭英德在《论历代〈文选〉类总集的分体归类》一文中认为,除了《文选》以外,历代《文选》类总集大都专列"杂文"或"杂著",将那些难以独立成类的文体或篇章归并为一类。与《文心雕龙》相比较,后世《文选》类总集中所谓"杂文"或"杂著",大都兼收"有韵之文"与"无韵之笔",不仅用来包容难以独立成类的文体,而且主要用来包容难以归入个体的篇章。也就是说,所谓"杂文"或"杂著",不过是杂事之文、杂用之文、杂著之文而已。① 从这个意义上来看,把《唐文粹》"古文"类的所有作品称为"杂文",也有其合理之处。

但这样简单地把这些文章归为"杂文"或"杂著",就会忽略新文体的价值,考虑到《唐文粹》"古文"类所收录的作品基本上是唐代古文运动发展变化过程中所产生的新文体,如果简单地对待它们,就会使我们对于唐代古文运动的认识出现缺失,影响我们客观公正地评价唐代古文运动。因为唐代古文运动不仅在文学理论、文学思想及语言、风格等方面取得了显著的成就,在文体的改革和创新方面也卓有建树。忽略古文运动中的作家们,尤其是晚唐古文作家们在文体创新方面所做的探索和取得的成绩是不应该的。

姚铉《唐文粹》"古文"类的分类固然有其不足之处,但他认识到了唐代古文作家们在文体创新方面的贡献,并试图对这些创新之处进行理论上的探讨。故而姚铉在"论""说"这两种文体之外单列"古文"一类,以此表明唐代古文运动在文体创新方面的新面貌。尤其难能可贵的是,姚铉不仅认识到了韩愈、柳宗元在文体创新方面的中心地位,也注意到了元结这位古文运动的前驱者在文体创新方面的首倡之功。同时,对皮日休、陆龟蒙、罗隐等晚唐古文作家有相当程度的关注,这一方面说明唐代古文运动发展到晚唐出现了新变化,另一方面肯定了晚唐古文作家们的创作成果。

---

① 见郭英德《论历代〈文选〉类总集的分体归类》,见《中国文化研究》,2004年第3期,页1—17。

参考文献

［1］阮元.十三经注疏［M］.北京：中华书局，1980.

［2］姚思廉.梁书［M］.北京：中华书局，1973.

［3］令狐德棻，岑文本，崔仁师.周书［M］.北京：中华书局，1971.

［4］刘昫.旧唐书［M］.北京：中华书局，1975.

［5］欧阳修，宋祁.新唐书［M］.北京：中华书局，1975.

［6］傅璇琮.唐才子传校笺［M］.北京：中华书局，1990.

［7］脱脱.宋史［M］.北京：中华书局，1977.

［8］刘勰.文心雕龙注［M］.北京：人民文学出版社，1958.

［9］任昉，陈懋仁.丛书集成初编：文章缘起［M］.北京：商务印书馆，1937.

［10］陆机.文赋集释［M］.北京：人民文学出版社，2002.

［11］颜之推.颜氏家训集解［M］.北京：中华书局，1993.

［12］萧统.文选［M］.北京：中华书局，1977.

［13］李昉.文苑英华［M］.北京：中华书局，1966.

［14］吕祖谦.宋文鉴（《文渊阁四库全书》本）［M］.上海：上海古籍出版社，2003.

［15］吴楚材，吴调候.古文观止［M］.北京：中华书局，1959.

［16］永瑢.四库全书总目［M］.北京：中华书局，1965.

［17］彭定求.全唐诗［M］.上海：上海古籍出版社，1986.

［18］董诰.全唐文［M］.北京：中华书局，1983.

［19］韩愈.韩昌黎文集校注［M］.上海：上海古籍出版社，1986.

［20］柳宗元.柳宗元集［M］.北京：中华书局，1979.

［21］柳开.河东集［M］.北京：中华书局，1979.

［22］欧阳修.欧阳修全集［M］.北京：中华书局，2001.

［23］石介.徂徕石先生文集［M］.北京：中华书局，1984.

［24］洪迈.容斋随笔［M］.上海：上海古籍出版社，1996.

［25］陈振孙.直斋书录解题（武英殿聚珍本）［M］.北京：现代出版社，1987.

［26］徐师曾.文体明辨序说［M］.北京：人民文学出版社，1962.

［27］吴讷.文章辨体序说［M］.北京：人民文学出版社，1962.

［28］丁福保.历代诗话续编［M］.北京：中华书局，1983.

［29］王士贞.香祖笔记［M］.上海：上海古籍出版社，1982.

［30］钱大昕.十驾斋养新录［M］.南京：江苏古籍出版社，2000.

［31］姚鼐.古文辞类纂［M］.上海：上海古籍出版社，1998.

［32］高步瀛.唐宋文举要［M］.上海：上海古籍出版社，1982.

［33］陈鸿墀.全唐文纪事［M］.上海：上海古籍出版社，1987.

［34］王士禛.唐文粹诗选［（康熙二十六年（1687）刻本）］.

［35］凌廷堪.校礼堂文集［M］.北京：中华书局，1998.

［36］陆以湉.冷庐杂识［M］.北京：中华书局，1984.

［37］李慈铭.越缦堂读书记［M］.沈阳：辽宁教育出版社，2001.

［38］陈寅恪.陈寅恪文集：金明馆丛稿初编［M］.上海：上海古籍出版社，1980.

［39］褚斌杰.中国古代文体概论［M］.北京：北京大学出版社，1990.

［40］复旦大学中文系古典文学教研组.中国文学批评史［M］.上海：上海古籍出版社，1981.

［41］傅刚.昭明文选研究［M］.北京：中国社会科学出版社，2000.

［42］顾易生，蒋凡，刘明今.宋金元文学批评史［M］.上海：上海古籍出版社，1996.

［43］鲁迅.鲁迅全集［M］.北京：人民文学出版社，1981.

［44］凌朝栋.文苑英华研究［M］.上海：上海古籍出版社，2005.

［45］刘师培.论文杂记［M］.北京：人民文学出版社，1959.

［46］钱穆.中国学术思想史论丛［M］.台北：台湾东大图书有限公司，1978.

［47］孙昌武.唐代古文运动通论［M］.天津：百花文艺出版社，1984.

［48］孙立.中国文学批评文献学［M］.广州：广东人民出版社，2000.

[49] 陶敏,李一飞.隋唐五代文学史料学[M].北京:中华书局,2001.
[50] 王运熙,杨明.中国文学批评通史·隋唐五代卷[M].上海:上海古籍出版社,1996.
[51] 王运熙.中国古代文论管窥[M].济南:齐鲁书社,1987.
[52] 徐规.王禹偁事迹著作编年[M].北京:商务印书馆,2003.
[53] 曾枣庄.宋文纪事[M].成都:四川大学出版社,1995.
[54] 章士钊.柳文指要[M].北京:中华书局,1971.
[55] 章学诚.章氏遗书[M].上海:上海商务印书馆,1936.
[56] 朱自清.经典常谈[M].香港:香港太平书局,1973.
[57] 吉川幸次郎.中国文学史[M].陈顺智,徐少舟,译.成都:四川人民出版社,1987.
[58] 佐藤一郎.中国文章论[M].赵善嘉,译.上海:上海古籍出版社,1996.
[59] 陈平原.唐宋古文运动述略[J].浙江社会科学,1996(2).
[60] 葛培岭.韩愈"古文"含义"与骈散无涉"吗?[J].中州学刊,1999(6).
[61] 葛晓音.古文成于韩柳的标志[J].学术月刊,1987(1).
[62] 葛晓音.论唐代的古文革新与儒道演变的关系[J].中国社会科学,1987(1).
[63] 顾易生.唐宋古文运动[J].语文教学通讯,1980(6).
[64] 郭勉愈.《唐文粹》"铨择"《文苑英华》说辨析[J].北京师范大学学报(人文社会科学版),2002(6).
[65] 郭勉愈.从绍兴本看《唐文粹》的文本系统[J].清华大学学报(哲社版),2003(1).
[66] 郭英德.论历代《文选》类总集的分体归类[J].中国文化研究,2004(3).
[67] 何法周.《文苑英华》《唐文粹》的编选情况、相互关系及其它[J].河南大学学报(哲社版),1986(5).
[68] 凌朝栋.论北宋初文臣的梁陈文学观:以《文苑英华》选取附代作品的态度为中心[J].西北大学学报(哲社版),2003(2).
[69] 王水照.文体丕变与宋代文学新貌[J].中国文学研究,1996(4).

[70] 王太阁."唐文三变"新论［J］.中州学刊，2004（4）.

[71] 谢桂荣.《文苑英华》《唐文粹》相互关系考［J］.河南古籍整理，1986（1）.

[72] 曾枣庄.从文章辨体看古典散文的研究范围［J］.文学遗产，1988（4）.

[73] 张涤华.关于《唐文粹》［J］.安庆师院学报，1982（1）.

[74] 张国俊，张瑞年.论唐宋艺术散文的特征及不足［J］.西北大学学报（哲社版），2002（2）.

[75] 张宏生.唐文粹的价值和贡献［J］.古典文学知识，1992（6）.